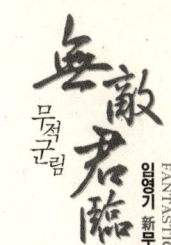

무적군림 4
임영기 新무협 판타지 소설

초판 1쇄 찍은 날 § 2011년 8월 22일
초판 1쇄 펴낸 날 § 2011년 8월 26일

지은이 § 임영기
펴낸이 § 서경석

편집부장 § 권태완
편집 § 주소영 · 어정원

펴낸곳 § 도서출판 청어람
등록번호 § 제1081-1-89호
등록일자 § 1999. 5. 31
어람번호 § 제2-2138호

주소 § 경기도 부천시 원미구 심곡2동 163-2 서경B/D 3F (우) 420-822
전화 § 032-656-4452 팩스 § 032-656-4453
http://www.chungeoram.com
E-mail § chungeoram@chungeoram.com

ⓒ 임영기, 2011

ISBN 978-89-251-2604-3 04810
ISBN 978-89-251-2556-5 (세트)

※ 파본은 구입하신 서점에서 교환하여 드립니다.
※ 저자와 협의하여 인지를 붙이지 않습니다.
※ 이 책은 도서출판 청어람과 저작자의 계약에 의해 출판된 것이므로,
  무단 전재 및 유포 · 공유를 금합니다.

임영기 新무협 판타지 소설

FANTASTIC ORIENTAL HEROES

無敵君臨
무적군림

④
복수행(復讐行)

청어람

제37장	두 개의 수급	7
제38장	금오(金烏)	31
제39장	무령왕(武嶺王)의 딸	57
제40장	무극백절(無極百絶)	79
제41장	불행의 궁극(窮極)	115
제42장	경뢰궁주(輕雷宮主)	141
제43장	철화빙선의 배포	165
제44장	단유천과 싸우다	193
제45장	생사대결(生死對決)	219
제46장	가족(家族)	243
제47장	격랑(激浪)	271

第三十七章
두 개의 수급

 장강에서 송무평을 죽인 태무랑은 그의 수급을 신풍개에게 맡겨두고 곧장 청천문으로 향했다.
 벌건 대낮에 장강에 떠 있는 유람선에서 반룡문 소문주 송무평이 괴한에게 처참하게 피살됐다는 소문은 빠르게 무창 전역으로 퍼져 나갈 것이다.
 그러므로 태무랑은 그보다 빨리 청천문으로 가서 두 번째 표적인 구건후를 죽여야 한다.

 미시(未時:오후 2시) 무렵 청천문.

태무랑은 청천문 안에서 문주의 거처를 향해 거침없이 걸어가고 있는 중이다.

그는 청천문 전문 앞에서의 변신을 시작으로 도합 세 차례 다른 사람 얼굴로 변신하여 이곳까지 이르렀다.

지금 그는 조금 전에 보았던 사십 대 중반의 청천문 총관의 모습을 하고 있었다.

지금은 장강에서 송무평을 죽인 시간으로부터 반 시진쯤 지나고 있다.

청천문의 조용한 분위기로 봐서 아직 송무평의 죽음을 모르고 있는 듯했다.

저벅저벅……

그는 성큼성큼 대전으로 걸어 들어갔다. 대전 입구를 지키는 고수들이나 대전 안과 복도에서 마주치는 고수들은 그에게 깍듯한 예를 갖추었다.

그가 흑의를 입고 있으며 어깨에 염마도를 메고 있는데도 고수들은 그의 얼굴만 보고 총관이라고 여긴 것이다.

이윽고 태무랑은 어느 방 앞에 이르렀으며, 방 안에 두 명이 있는 것을 감지했다.

조금 전에 만난 청천문 고수는 총관으로 변신한 태무랑에게 소문주 구건후가 아버지인 문주와 함께 있다고 공손하게 말해주었다.

척!

태무량은 문을 열고 거침없이 안으로 들어갔다.

방 안 탁자에 마주 보고 앉아 있던 청천문주와 구건후가 반사적으로 태무량을 쳐다보았다.

네모난 얼굴에 작달막한 키와 약간 뚱뚱한 듯 당당한 체구의 구건후가 태무량을 보며 의아한 표정을 지었다.

"조금 전에 왔다 갔으면서 무슨 일로 또 오셨소?"

총관이 여길 왔다가 나간 모양이다.

그러나 청천문주 청천진도(靑天震刀) 구본락(具本樂)은 아들과 달랐다.

그는 사람을 겉모습만 보고 판단하지 않을 만큼 경험이 풍부한 인물이었다.

그는 천천히 일어나서 태무량을 향해 언제든지 공격할 자세를 갖추며 조용히 물었다.

"누구냐?"

태무량이 입은 흑의경장과 메고 있는 염마도를 보고 총관이 아니라고 판단한 것이다. 과연 생강은 오래될수록 맵다는 무림의 속담이 옳았다.

태무량은 구건후를 쳐다보며 중얼거리듯 말했다.

"네 아들에게 볼일이 있다."

구건후는 뭔가 심상치 않음을 느끼고 급히 일어섰다.

거침없는 하대와 무례한 태도에 구본락은 미간을 좁혔다. 하지만 지금은 그것에 연연할 때가 아니라고 판단했다.

"먼저 네 신분을 밝혀라."

스스으……

그때 태무랑의 얼굴이 흐릿하게 이지러지면서 총관의 넙데데한 얼굴이 사라지고 본래의 강인하면서도 무표정한 얼굴이 나타났다.

구본락 부자는 난생 처음 보는 해괴한 광경에 크게 놀라면서도 바짝 긴장했다.

태무랑이 지옥염라부(地獄閻羅府)에서 흘러나오는 듯한 목소리로 중얼거렸다.

"사람들은 나를 적안혈귀라고 부르더군."

"적… 안혈귀?"

순간 구본락 부자의 얼굴이 놀라움으로 물들었다.

그 순간 그들의 머릿속은 얼마 전까지 무림을 떠들썩하게 만들었던 적안혈귀에 대한 소문으로 꽉 찼다.

그와 동시에 적안혈귀가 왜 느닷없이 이곳에 나타났는지에 대해서 생각해 보았다.

하지만 아무리 골똘히 생각해 봐도 적안혈귀와 자신들은 하등의 연관이 없다는 결론만 나왔다.

그러나 적안혈귀가 이곳에 왔다는 자체가 이미 좋은 일이 아니다. 이것은 필경 득은 없고 손해만 클 터이다.

구본락 부자는 극도로 긴장하여 태무랑을 주시했다. 언제라도 어깨의 도를 뽑아 공격할 수 있도록 공력을 극한으로 끌어올렸다.

하지만 될 수 있는 한 싸움이 벌어지는 것은 피해야 한다고 생각했다.

상대는 혼자서 무극삼대의 철검추풍대를 전멸시킨 희대의 살인마가 아닌가.

"본 문에는 무슨 볼일이오?"

그렇게 묻는 구본락의 말투가 정중하게 변했다. 그러나 그는 묻고 나서 방금 전에 태무랑이 구건후에게 볼일이 있다고 말한 것을 기억해 냈다.

구건후는 태무랑을 자세히 살펴보면서 몹시 애매한 표정을 짓고 있었다.

아무리 봐도 처음 보는 얼굴인데 그가 도대체 왜 자신에게 볼일이 있다는 것인지 모르기 때문이다. 또한 볼일이 무엇인지도 궁금했다.

그 역시 먼저 죽은 송무평처럼 태무랑을 알아보지 못하고 있었다.

태무랑은 단살척배에 대한 깊은 원한 때문에 잠도 제대로 이루지 못하는데, 태무랑을 멋대로 갖고 놀고, 그로 인해서 한 가족을 풍비박산 만든 자들은 그의 얼굴조차 기억하지 못하는 것이다.

구건후는 의아한 표정을 지었다.

"나를 아시오?"

그러자 태무랑의 두 눈에서 새빨간 혈광이 쏟아졌다. 그저 눈만 붉게 변한 것이 아니라 실제 두 눈에서 두 줄기 혈광이 한 뼘 길이로 쭉 뿜어졌다.

더구나 그가 어금니를 악물고 분노의 표정을 짓자, 그의 모습은 흡사 염마왕이나 아수라 같았다.

단지 그런 모습만으로도 구본락과 구건후는 움찔 몸을 움츠리며 모골이 송연해졌다.

태무랑은 송무평에 이어서 구건후에게도 자신이 누군지 밝혀야 하는 것이 귀찮았다.

하지만 구건후가 자신이 왜 죽는지 이유조차 모르게 할 수는 없는 일이다. 그것은 죽이는 의미가 없다.

태무랑의 눈에서 뿜어지던 혈광이 사라졌다. 그는 무조건 살수부터 펼치고 싶은 것을 억누르면서 무표정하게 조용히 중얼거렸다.

"나는 단유천과 옥령을 비롯한 너희들 단금맹우 아홉 명에게 반년 동안 두들겨 맞았던 무완롱 흑풍창기병이다."

"……"

순간 구건후의 눈이 커졌다. 그리고 태무랑을 더 자세히 보려는 듯 상체를 조금 더 앞으로 내밀었다. 이후 그의 얼굴에 폭풍 같은 놀라움이 떠올랐다.

"맙소사……. 정말 흑풍창기병이로구나……."

구본락이 아들을 다그쳤다.

"네가 아는 사람이냐?"

"네, 아버님."

구건후는 착잡한 표정으로 고개를 끄덕였다.

"누구냐?"

묻는 구본락의 표정이 엄숙해졌다.

"설명하자면 깁니다."

"저 사람은 너에게 깊은 원한이 있는 듯한데, 너는 그 이유를 설명하는 것조차 하기 싫은 것이냐?"

"그게… 아닙니다."

이어서 구건후는 자신이 단유천, 옥령, 단금맹우들과 어울려서 무극신련 총본련의 비밀스런 장소에서 유흥을 즐기며 무완롱 등을 괴롭혔던 일을 착잡한 표정으로 설명했다.

그는 그 행위를 미화시키려고도 하지 않았고, 자신의 잘못을 가볍게 하려고 애쓰지도 않았다.

그저 그 일을 옆에서 지켜봤던 제삼자처럼 더함도 덜함도 없이 설명했다.

두 개의 수급 15

그러나 그는 단유천과 옥령이 꾸민 금강불괴지신계획에 대해서는 아무것도 모르고 있는 듯 그 부분에 대해서는 설명하지 않았다. 하긴 단유천과 옥령이 그런 중요한 일을 얘기했을 리가 없다.

구본락은 설명을 듣는 도중에 표정이 점점 험악하게 일그러졌고, 설명이 끝났을 때에는 너무 분노하여 몸을 부들부들 떨었다.

"네놈이 그런 짐승 같은 짓을 저지르다니……."

"용서하십시오, 아버님……."

"네놈이 사죄할 사람은 아비가 아니라 저 사람이다!"

구본락은 태무랑을 가리키며 쩌렁하게 호통쳤다.

구건후는 태무랑을 쳐다보더니 천천히 그 자리에 무릎을 꿇고 머리를 조아렸다.

"잘못했소. 무조건 귀하의 처분에 맡기겠소."

태무랑은 입술 끝을 씰룩이며 가볍게 고개를 끄덕였다.

"네 머리를 가져가겠다."

"……."

구건후는 고개를 들어 놀란 얼굴로 태무랑을 올려다보았고, 구본락도 움찔 놀랐다.

구건후는 아무 말도 못하는데, 구본락이 진중한 표정으로 사정을 했다.

"이놈의 잘못이 매우 크지만 목숨만은 남겨주기를 바라오. 귀하도 이렇게 살아 있지 않소?"

그는 태무랑의 짙은 검미가 찌푸려지는 것을 보며 간곡하게 말을 이었다.

"화가 풀릴 때까지 이놈을 때리시오. 귀하가 떠나고 나면 나도 이놈을 죽을 만큼 때릴 생각이오."

"자식이 몇 명이냐?"

태무랑은 구본락을 보며 불쑥 물었다.

"이놈을 비롯해서 셋이오. 아들 하나에 여식이 둘이오."

"만약 네가 나 같은 처지에 놓였다가 반년 만에 집에 돌아왔는데, 그 반년 사이에 가족이 모두 죽었다면, 너는 너를 가둔 놈을 용서할 수 있겠느냐?"

"……"

"가족이 죽은 이유가 단지 네가 집에 없었다는 이유 하나뿐이었다면 말이다."

구본락과 구건후는 몹시 놀란 표정으로 태무랑을 쳐다보았다. 하지만 아무 말도 하지 못했다.

두 사람은 태무랑이 무완롱으로 두들겨 맞으면서 농락을 당하고 있는 동안에 그를 애타게 기다리던 가족이 모두 죽었다는 사실을 비로소 알게 되었다.

강호의 법칙은 눈에는 눈으로, 이에는 이로 갚는 것이다.

두 개의 수급 17

그러므로 구본락은 차마 아들을 살려달라는 말이 입 밖으로 나오지 않았다.

스웅…….

그때 태무랑이 천천히 염마도를 뽑자 구본락과 구건후는 움찔 놀랐다.

무릎을 꿇은 자세로 고개를 든 채 놀라는 표정을 짓고 있는 구건후를 향해 태무랑은 천천히 걸어갔다.

"반 시진 전에 죽은 송무평이 지옥에서 널 기다리고 있을 것이다."

"무평이……."

송무평이 죽었다는 사실을 알게 된 구본락과 구건후는 더욱 크게 놀랐다.

태무랑이 송무평을 죽이고 이곳에 왔다면 구건후를 용서할 마음이 추호도 없다는 뜻이다.

구건후는 경악하는 얼굴로 부스스 일어섰다.

스릉…….

구본락이 탁자에 놓인 자신의 성명무기인 청천도(青天刀)를 잡아 뽑으면서 태무랑 앞을 가로막았다.

"이놈이 잘못한 것은 알지만 내 눈 앞에서 아들이 죽는 꼴은 볼 수가 없소."

그는 아들을 살리기 위해서라면 무슨 짓이라도 할 각오다.

구건후는 외아들이다. 그가 죽으면 대가 끊어진다.

"막으면 너도 죽는다."

태무랑의 그 말은 조금도 경고처럼 들리지 않았다.

구본락은 착잡한 표정을 지었다.

"미안하오. 나로서는 어쩔 수가 없……."

휘우우—

구본락은 말을 끝내지 못했다. 방금 전까지 태무랑의 염마도는 바닥을 향하고 있었는데, 지금은 그의 정수리를 향해 무시무시하게 그어져 내리고 있었다.

"흐앗!"

구본락은 다급히 상체를 비틀어 염마도를 아슬아슬하게 피하면서 동시에 수중의 청천도로 태무랑의 목을 후려치듯 베어갔다.

과연 무창의 명가 청천문의 문주다운 기민함과 위력을 지닌 반격이다.

패액!

그러나 그는 간신히 피했다고 생각한 염마도가 그어 내리다가 중도에서 급격하게 방향을 틀어 자신의 옆구리를 베어오는 것을 발견하고 움찔 놀랐다.

그토록 빠르고도 위력적으로 그어 내리던 무기를 어떻게 중도에서 완전히 방향을 바꾸고, 또 여전한 빠르기와 위력을 유지할 수 있는지 믿어지지 않았다.

태무랑은 염마도를 마치 젓가락처럼 다루었다.

팍!

"크억!"

다음 순간 염마도가 구본락의 옆구리로 파고 들어가서 반대쪽 옆구리로 빠져나갔다. 즉, 허리를 통째로 자른 것이다.

아들을 살리겠다고 몸부림치던 아버지는 아들보다 먼저 이승을 떠났다.

"아버님!"

창!

눈앞에서 부친의 몸뚱이가 두 동강으로 잘리는 광경을 목격한 구건후는 눈이 확 뒤집혀 피를 토하듯이 울부짖으며 어깨의 도를 뽑으면서 그대로 태무랑을 공격해 갔다.

태무랑의 염마도는 구본락의 허리를 오른쪽에서 왼쪽으로 자른 직후다.

그리고 구건후는 그의 오른쪽에서 공격을 하고 있다.

다시 말해서, 태무랑의 입장에서는 제아무리 초일류 급 고수라고 해도 이런 상황에서는 공격을 할 수도, 피할 수도 없다는 뜻이다.

후오오―

그러나 태무랑은 구건후의 공격을 충분히 피할 수 있다. 그럼에도 불구하고 피하지 않았다.

구건후의 검이 자신의 몸에 닿기 전에 그를 죽일 능력이 있기 때문이다.

구건후는 베어가고 있는 자신의 도가 태무랑의 목 부위 한 자까지 쇄도하자 이제는 하늘이 두 쪽이 나도 그를 죽일 수 있을 것이라고 확신했다. 그런데 그 순간 믿어지지 않는 일이 벌어졌다.

"……!"

구건후의 동공이 크게 확장됐다.

그는 태무랑의 오른쪽에서 공격을 하고 있었으므로 태무랑의 오른쪽 옆얼굴을 쏘아보고 있었다.

그런데 구건후는 찰나지간에 태무랑의 오른쪽 얼굴이 사라지는가 싶더니 왼쪽 얼굴이 나타나는 것을 발견했다.

그것은 오른손잡이인 태무랑의 염마도가 구건후의 왼쪽에 있다는 뜻이다.

즉, 방금 전까지 무방비상태에 있던 태무랑이 찰나지간에 공격하고 있는 상황으로 급전했다는 것이다.

그런 상황이 되려면 구본락의 허리를 자른 태무랑이 제자리에서 왼쪽으로 한 바퀴 회전해야만 가능하다.

하지만 맹세컨대 구건후는 그가 회전하는 것을 보지 못했다. 더구나 구건후의 도가 태무랑 목에 불과 한 자 거리까지 쇄도하고 있지 않았는가.

귀신이 곡할 노릇이다.

팍!

다음 순간 그는 뭔가 서늘한 것이 자신의 목 옆에 닿는 것을 느꼈고, 예리한 무엇인가가 뼈와 살을 단칼에 절단하는 음향을 들었다.

그리고 그것이 자신의 목이 잘리는 소리일 것이라고 생각하면서 숨이 끊어졌다.

쿵! 퉁! 쿠당!

구본락의 상체가 먼저 바닥에 떨어졌고, 그다음에 구건후의 머리통이, 마지막으로 부자의 몸뚱이가 사이좋게 바닥을 울리며 쓰러졌다.

잠시 후에 대전을 지키던 호위고수들이 요란한 소리를 듣고 우르르 몰려왔다.

그러나 그들이 발견한 것은 허리가 잘려서 죽은 청천문주 청천진도 구본락과 머리가 없는 목이 잘린 구건후의 시체뿐이었다.

늦은 오후 무창 쪽 장강 강둑 위에 많은 사람들이 모여들고 있었다.

강둑 위에는 지상에서 삼 장 높이의 긴 장대 두 개가 나란히 세워져 있었다.

그리고 장대 꼭대기에는 두 개의 수급이 꽂혀 있었다.

그 수급 아래로 사람들이 꾸역꾸역 몰려들고 있는 것이다.

두 개의 수급은 깨끗했다. 비록 머리통뿐이지만 목욕을 시키고 빗질까지 정갈하게 시켰기 때문이다.

그래서 몰려든 사람들은 그 수급이 무창의 명문세가인 반룡문과 청천문의 소문주인 송무평과 구건후라는 사실을 쉽게 알아보았다.

두 개의 수급 눈에서는 기이하게도 핏물이 흘러내렸다. 마치 통탄한 심정으로 피눈물을 흘리고 있는 듯했다.

두 개의 수급은 눈을 뜨고 있었는데 장강 건너편에 괴물처럼 웅크리고 있는 무극신련 총본련을 바라보고 있는 모습이었다.

수급이 꽂혀 있는 장대 아래에 모여든 사람들이 오백여 명쯤으로 불어났을 때, 일단의 고수들이 들이닥쳐서 사람들을 강제로 해산시켰다.

그리고는 장대를 뽑아서 수급을 조심스럽게 두 개의 상자에 담고는 그곳에서 얼마 떨어지지 않은 강가에 정박해 있는 한 척의 배에 올랐고, 배는 즉시 출발했다.

배는 물살을 가르며 장강을 건넜다가 한수를 거슬러 오르더니 잠시 후에 무극신련 총본련 안으로 모습을 감추었다.

*　　　*　　　*

　무창에서 무극신련 총본련을 제외하고 최고의 부호는 단연 귀존부(貴尊富) 대영호(大榮豪)다.
　무극신련 총본련은 사업을 하지만, 대영호는 장사를 하고 있다. 무창뿐만 아니라 인근 삼사백여 리 일대에 있는 거의 모든 점포들이 대영호 소유다.
　그러므로 무창에 거주하는 사람치고 대영호의 밥을 먹지 않고, 그의 땅을 밟지 않으면서 사는 사람은 한 명도 없다고 단언할 수 있다.
　대영호가 무창에 있기 때문에 무극신련에 밀려서 부호 순위는 이 위지만 다른 지역에 있었다면 일 위를 하고도 남음이 있을 터이다.
　대영호가 사는 곳은 무창 남쪽 성 밖에 있는 양자호(梁子湖)라는 호수의 북쪽 호숫가에 웅장하게 지어진 귀존장(貴尊莊)이라는 곳이다.

　귀존장 안 심처.
　"골치 아프군, 적안혈귀라는 자."
　"계획을 바꿔야 하나요?"

으리으리한 실내에서 두 여자가 매우 심각한 표정으로 대화를 나누고 있다.

 한 여자는 이십 대 후반의 나이에 붉은 상의와 희고 긴 치마를 입었다.

 갸름한 얼굴 윤곽과 귀밑머리가 소복하게 자란 구중궁궐에 사는 귀족 여인처럼 우아한 모습이다.

 또 한 여자는 십칠팔 세 정도로 청의경장 차림이고, 동그스름한 얼굴 윤곽에 눈이 깊고 속눈썹이 매우 길어서 그윽한 분위기를 자아내는 청초한 분위기의 소녀다.

 두 여자는 탁자를 마주하고 앉아 있으며, 탁자에는 식어버린 두 개의 찻잔이 놓여 있는데 손도 대지 않은 상태다. 그로 미루어 몹시 심각한 상황인 듯했다.

 청의소녀가 긴 속눈썹의 눈을 약간 크게 뜨고 긴 치마의 여인을 바라보았다.

 "이것은 혹시 무극신련의 술수가 아닐까요?"

 흑백이 뚜렷한 그녀의 해맑은 눈망울을 긴 속눈썹이 덮듯이 가리고 있는 모습은 깊은 우수에 젖은 분위기를 자아냈다.

 "무슨 소리냐?"

 "우리가 반룡문을 습격할 것을 미리 알아낸 무극신련이 우리를 교란시키려고……."

 "절대 그럴 리가 없다."

긴 치마 여인이 자르듯이 말했다.

"첫째, 우리 정보가 무극신련에게 샐 리가 없다. 샐 이유가 없는 것이다."

여인은 차를 마시려는 듯 찻잔을 들어 올렸다.

"둘째, 무극신련이 우리의 습격 사실을 미리 알았다면 반룡문 주위에 무극신련 총본련의 일급 고수들을 대거 매복시켰다가 우리를 급습하는 것이 전술의 기본이지, 송무평과 청천문 소문주인 구건후의 수급까지 효시(梟示)하는 것은 어불성설 말도 되지 않는다. 그렇게 해서 대체 그들이 얻는 것이 뭐란 말이냐?"

그녀는 들었던 찻잔을 다시 내려놓았다.

청의소녀는 살짝 얼굴을 붉히며 고개를 숙였다.

"죄송합니다. 사부님 말씀을 듣고 보니까 제자의 생각이 짧았어요. 저는 단지 생각나는 대로 말씀드린 거였어요."

"첫 임무라서 긴장했느냐?"

"조금……. 헤헤! 어떻게 아셨어요?"

청의소녀는 살짝 얼굴을 붉히면서 쑥스러운 듯 혀를 낼름 내밀었다.

"평소에 영특한 네가 그런 바보 같은 소리를 하는 것은 긴장했기 때문이지 않겠느냐?"

청의소녀는 희고 작은 주먹을 꼭 쥐면서 자못 결연하게 자신의 각오를 밝혔다.

"우리 철화천궁(鐵花天宮)이 천하 곳곳에서 무극신련 휘하 사십팔지파들을 격퇴하는데 제자도 꼭 참가하고 싶었어요. 그런데 이제야 비로소 사부님을 모시고 저도 출전하게 되었으니, 몸이 가루가 되는 한이 있더라도 사부님과 태궁주(太宮主)님을 실망시키지 않을 거예요."

"너는 사부 곁에서 떠나지 않고 사부가 시키는 대로만 하면 된다."

"잘 알겠어요, 사부님."

요즘 무극신련하고 천하 도처에서 전쟁을 벌이고 있는 세력은 신천회가 아니라 사실은 철화천궁이다.

신천회라는 이름은 소문내는 것과 이야기하는 것을 좋아하는 강호의 호사가들이 멋대로 지어낸 것이다.

철화천궁 최고우두머리는 태궁주이며 바로 철화빙선이다.

그 아래 열 명의 궁주가 있는데 철화십궁주(鐵花十宮主)라고 부른다.

지금 여기에 있는 긴 치마의 여인은 철화십궁주 중에서 삼궁주(三宮主)이며 정식 명칭은 경뢰궁주(輕雷花宮主)라고 부른다.

그리고 청의소녀는 경뢰궁주의 하나뿐인 제자이며 청미(淸美)라는 이름을 갖고 있다.

실제 나이는 이십 세인데 귀여운 얼굴형이라 제 나이보다 어리게 보인다.

그때 식어빠진 찻잔을 만지작거리면서 생각에 잠겼던 경뢰궁주가 밖을 향해 조용히 말했다.

"대영호를 불러와라."

무창에서 가장 존경받는 인물 중 한 사람인 귀존부 대영호는 경뢰궁주 면전에서 고개조차 들지 못하고 이 방에 들어온 이후 줄곧 허리를 굽힌 자세를 유지하고 있다.

경뢰궁주는 철화궁 휘하 천하오십세(天下五十世) 중 십칠세(十七世)인 무창 담당 대영호를 불러놓고도 한참 동안이나 생각에 골몰하고 있는 중이다.

경뢰궁주도 그녀의 제자 청미도 대영호가 왔다는 사실을 모르는지 각자의 생각에 골몰하고 있었다.

이윽고 한참 만에 경뢰궁주가 생각을 마쳤다. 하지만 그녀가 말을 건 사람은 대영호가 아니라 제자 청미였다.

"미아. 네 생각은 어떠냐?"

그녀는 자신이 어떤 결론을 내렸으면서도 청미의 의견을 물었다. 지금은 제자의 총명함이 필요한 때다.

청미는 생각을 접고 경뢰궁주를 바라보며 우수에 젖은 깊은 눈을 살며시 빛냈다.

"우선 적안혈귀를 만나봐야 할 것 같아요."

자신의 생각과 맞아떨어지자 경뢰궁주가 가볍게 고개를 끄덕였고, 청미는 말을 이었다.

"한편으로는 그를 찾아내면서 다른 한편으로는 계획대로 밀고 나가는 것이 어떨까요?"

역시 경뢰궁주의 생각과 같았다. 그녀는 고개를 끄덕였다.

"그게 좋겠지?"

"무극신련 총본련은 이런 와중에 본 궁이 반룡문을 습격할 것이라고는 예상하지 못할 거예요. 허를 찌르는 거죠."

경뢰궁주는 다시 한 번 고개를 끄덕이고 나서야 시립해 있는 대영호에게 비로소 시선을 주었다.

"대영호. 너에게 수하가 얼마나 있느냐?"

철화빙선에게는 두 개의 세력이 있다. 무력(武力)인 철화천궁과 상력(商力)인 철화궁이다.

철화천궁은 철화빙선의 감추어진 실세(實勢)다. 그러므로 당연히 철화천궁이 철화궁 위에 군림한다.

"속하의 무창세(武昌世) 전체로는, 일급 고수가 오백여 명이고, 이류무사 수준이 이천여 명 됩니다."

무창세는 무창을 중심으로 사백여 리 일대를 말한다. 하지만 일개 장사꾼인 십칠세 대영호 휘하에는 필요 이상으로 많은 고수들과 무사들이 칩거하고 있다.

그 이유는 순전히 철화빙선의 지론 때문이다. '힘이 있어야 장사를 할 수 있다'라는 것이 그녀의 흔들리지 않는 지론이고, 그것을 꾸준히 지켜왔었다.

이윽고 경뢰궁주는 의자에서 일어나며 명령했다.

"그들을 모두 풀어서 수단과 방법을 가리지 말고 적안혈귀를 찾아내라."

그녀와 청미는 공손히 읍하는 대영호를 실내에 놔두고 방을 나섰다.

이곳 귀존장 은밀한 곳에 은둔해 있는 경뢰궁의 삼백 수하에게 가는 것이다.

반룡문을 급습하기 위해서다.

第三十八章

금오(金烏)

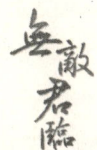

　장강은 무창에서 남동쪽으로 굽이쳐 흐르고, 관도는 사뭇 강을 따라 구불구불 이어져 있다.
　덜그럭… 덜걱…….
　한 대의 마차와 두 대의 수레가 일렬로 느릿하게 관도를 가고 있다.
　수레 한 대가 선두에, 그다음에 마차가, 마지막으로 수레가 따르는데 마차를 호위하는 듯한 모습이다.
　수레와 마차 모두 두 대의 말이 끌고 있다. 그런데 선두의 수레를 끄는 말 중에 구준마가 있다.

두 대의 수레에는 크고 작은 짐들이 절반쯤 실려 있고, 마부석에는 각기 두 명씩 앉아 있는 모습이다.

구준마가 끌고 있는 선두 수레의 마부석에는 신풍개와 형구가 나란히 앉았다.

형구는 태무랑이 서북군에서 군 생활을 할 때 제일 친한 동료였다.

일곱 달쯤 전에 태무랑은 낙양의 마방에서 구준마를 얻는 과정에 형구를 우연히 만났었다.

형구는 독보라는 이름으로 신분을 감춘 채 마방의 잡일꾼 노릇을 하고 있었다.

그러나 형구는 태무랑을 만난 이후 군탈자로서의 현상수배도 풀리고 태가장에서 두 명의 기녀 아소, 연효와 함께 살게 되었다.

태무랑은 형구에게 몇 가지 무술을 가르쳐 주면서 부지런히 연마하여 실력을 쌓고, 또 돈을 벌 수 있는 뭔가를 해보라고 밑돈을 듬뿍 안겨주었다.

그러므로 지금쯤 형구는 낙양에서 새로운 새 인생을 사느라 여념이 없을 것이다.

사실 신풍개와 나란히 앉아 있는 형구는 태무랑이 변신한 모습이다.

두 사람은 무창을 떠난 이후 아무 말도 나누고 있지 않지만, 실상 신풍개 혼자서 손짓발짓해가며 전음으로 한시도 쉬지 않고 신나게 떠들고 있는 중이다.

태무랑은 팔짱을 낀 채 꼿꼿하게 앉아서 지그시 눈을 감고 있다.

태무랑 바로 뒤에는 쌓아놓은 짐 사이로 아담한 공간이 있는데, 그곳에서 세 명의 아이가 옹송그린 채 모여앉아 턱을 괴고 신풍개의 모습을 재미있다는 듯 구경하고 있었다.

그중에는 연풍의 딸 연지도 있다. 그녀는 서너 살짜리 여자아이를 품에 안은 채 미소를 지으며 태무랑의 뒷모습을 말끄러미 바라보고 있었다.

지금 태무랑은 오행운공을 하며 수레 아래의 관도 땅바닥에서 '토기'를 흡수하고 있는 중이다.

수레에 앉아서 긴 여행을 하는데 무료하게 가는 것보다는 오행지기를 한 움큼이라도 더 체내에 축적하려는 것이다.

그는 두 손을 모아서 허벅지 사이 아래로 향하고 있으며, 땅에선 줄줄이 토기가 뿜어 올라 그의 두 손바닥으로 흡수되고 있었다.

두 대의 수레와 한 대의 마차가 지나간 땅바닥에는 한 줄의 긴 선이 그어져 있었다.

태무랑이 토기를 흡수했기 때문에 토기를 잃은 땅의 색이 변한 것이다.

두 번째 마차에는 여자 몇 명과 연약한 어린아이들이 타고 있으며, 세 번째 수레에는 고구려 사내들이 타거나 걸어서 따르고 있다.

어제 해질녘에 무창을 떠나 사시(오전 10시) 무렵인 현재 삼십여 리 정도 왔다.

태무랑과 신풍개, 연풍 등 고구려 사내들은 마을에 이르지 못해 어젯밤 숲에서 노숙을 했다.

아이들과 여자들은 마차 안에서 자고, 남자들은 숲에 모닥불을 피워놓고 둘러앉아서 술을 마시며 담소를 나누다가 잠을 잤었다.

이곳까지 오는 도중에 한차례 마을의 주루에서 식사를 한 것을 제외하고는 두 끼니는 고구려 여자들이 요리를 만들어서 식사를 했다.

그녀들이 만든 여러 요리들은 태무랑이나 신풍개로서는 처음 먹어보는 것이었다.

재료는 중원의 것을 사용했으나 그것은 고구려 전통 요리라고 했다.

그들은 고구려 멸망 이후 중원에서 칠백여 년 동안이나 처참한 노예 생활을 하면서도 망국(亡國)의 요리를 잊지 않고 맥맥히 계승했다는 사실이 놀라울 따름이었다.

고구려 요리는 태무랑 입맛에도 잘 맞았다. 여자들은 노예 생활을 하면서 좋은 재료를 구할 수 없었기 때문에 하층민 요리밖에 만들어 먹지 못했고 그런 것들만 입에서 입으로 구전(口傳)되었다고 한다.

우두두두―

그때 뒤쪽에서 은은하게 지축을 울리는 말발굽 소리가 들려오더니 잠시 후에 우레처럼 크게 들렸다.

태무랑네 수레와 마차가 길가로 비켜서 멈추자 이십여 필의 인마(人馬)가 흙먼지를 일으키며 옆으로 쏜살같이 스쳐 지나갔다.

아니, 그들은 다 지나가지 않았다. 세 필의 말이 수레 옆에서 급히 멈추더니 세 명의 고수가 말에서 훌쩍 뛰어내려 첫 번째 수레로 걸어왔다.

어느새 신풍개는 자는 체하고 있었고, 태무랑은 말고삐를 잡고는 수레를 모는 중이었던 것처럼 가장했다.

태무랑의 염마도는 일찌감치 풀어서 마부석 아래에 감춰 놓았으므로 들킬 일이 없다.

신풍개는 상체를 뒤로 젖히고 코를 골면서 태무랑에게 전음을 보냈다.

[태 형, 저자들은 무창 귀존부 휘하의 고수들일세. 귀존부는 무창제일부호인 대영호의 별호지.]

세 명의 고수는 수레 가까이 다가오더니 신풍개를 발견하고는 그 자리에 멈춰 서 적잖이 놀라는 표정을 지었다. 신풍개를 알아본 것이 틀림없다.

그의 얼굴은 모르더라도 그의 허리의 팔결매듭과 여덟 겹으로 꿰맨 상의를 보고 그의 신분이 개방 소방주라고 짐작한 것 같았다.

세 명의 고수는 서로의 얼굴을 마주 쳐다보더니 고개를 끄덕이고는 곧 왔던 길로 되돌아가서 말에 올라타고는 사라진 일행을 뒤쫓아 갔다.

쟁쟁한 개방의 소방주가 적안혈귀하고 동행할 리가 없다고 여긴 것 같았다.

그러면서도 그들은 수레에 타고 있는 사람들을 재빨리 훑어보았고, 이들이 소규모 장사꾼이며, 신풍개가 우연찮게 이들 수레를 얻어 탄 것이라고 짐작한 듯했다.

세 명의 고수가 탄 말이 먼지를 일으키며 멀어지자 잠든 체하던 신풍개가 눈만 뜨고 고수들을 바라보며 전음으로 중얼거렸다.

[태 형. 저자들이 적안혈귀, 그러니까 자네를 찾고 있는 것처럼 보이지 않던가?]

태무랑이 가볍게 고개를 끄덕이자 신풍개가 말을 이었다.

[귀존부 대영호가 무극신련을 도와서 적안혈귀를 찾을 리는 없을 텐데……. 대체 무슨 일인가?]

신풍개는 방금 그 고수들 복장을 보고 귀존부 대영호의 휘하고수라는 사실을 단번에 알아보았다.

*   *   *

송무평과 구건후가 죽은 그날 밤에 반룡문이 한밤중에 급습을 당했다.

그러나 숙수들과 하인, 하녀, 일반 사람들은 털끝 하나 다치지 않았다.

다만 그들을 제외한 고수들과 무사들 전원이 전멸을 당하고 말았다.

송무평이 적안혈귀에게 죽음을 당하고 수급이 장대 꼭대기에 효시된 사건으로 인해서 반룡문 전체가 슬픔에 빠져 뒤숭숭하던 날 밤에 벌어진 일이었다.

무극신련 총본련의 고수들이 불과 반 시진 만에 반룡문에 도착했을 때에는 시체들만 나뒹굴었고, 피비린내가 진동하고 있었으며, 흉수들의 모습은 그림자조차 보이지 않았다.

무창 일대에는 많은 방, 문파들이 있으며 그 수는 육십여 개에 달한다.

그 많은 방, 문파 중에서 무극신련 휘하 사십팔지파에 속하는 곳은 반룡문과 청천문 둘뿐이었다.

그 말은 무극신련이 무창을 중심으로 천여 리 이내에서 벌이고 있는 거의 모든 불법적이고 비합법적인 사업을 반룡문과 청천문이 관리, 운영하고 있었다는 뜻이다.

반룡문은 그 사업들 중에서 절반을 담당했었다. 그런데 반룡문이 멸문했다는 것은 그 절반의 사업들이 한동안 사공을 잃은 배처럼 표류하게 될 것이라는 의미였다.

*　　*　　*

태무랑은 무창에서 백오십여 리 떨어진 악성(鄂城)이라는 현에서 배 한 척을 샀다.

수레 두 대와 마차 한 대로 가는 것이 너무 느린 데다 식사를 할 때마다 멈춰야 하고, 잠은 객잔이나 노숙을 해야 하는 번거로움 때문이었다.

결과적으로 그의 판단이 옳았다. 삼십여 명이 타도 될 만한 중간 급의 배를 구입한 덕분에 태무랑을 비롯한 모든 사람들이 편안하게 여행을 할 수 있게 되었다.

연풍을 비롯한 고구려 사내 다섯 명은 배를 산 악성의 조선창(造船廠)에서 한 시진 동안 벼락치기로 배를 몰고 관리하는 방법 등을 배웠다.

그래서 처음에 배를 출발시켰을 때에는 배가 술에 취한 듯

구불거리면서 가기도 하고, 돛을 펼치지 못해서 강 한가운데에 멈춰 서기도 하는 등 웃지 못할 일들이 벌어졌었다.

그러나 그로부터 그들의 실력이 점점 나아져서 사흘이 지난 이제는 웬만큼 안정적으로 배를 운항하고 있다.

배에는 건물이 하나뿐이지만 이층이고 주방은 물론 방이 십여 개나 있어서 태무랑 일행 열일곱 명이 지내기에는 부족함이 없었다.

태무랑은 신풍개에게 고구려 사내들하고 대화를 해보라고 얘기했다.

그들을 어딘가 적당한 곳에 뿌리를 내리게 하기 위해서 그들에 대해서 자세히 알아야겠다는 생각에서다.

태무랑은 말주변이 없는 데다 대화하는 것을 좋아하지 않기 때문에 말하는 것과 듣기를 좋아하는 신풍개에게 시킨 것인데, 역시나 그는 말이 떨어지기 무섭게 고구려 사내들 속에 섞여들었다.

금오(金烏)는 악성을 떠난 지 보름 만에 안휘성 남부 지역 한복판인 장강 변의 동릉(銅陵) 포구에 당도했다.

태무랑이 고구려 사람들에게 배를 주겠다고 하니까 그들은 극구 사양했다.

그렇다면 배를 사용하고 난 후에 버릴 것이라고 위협하자 그제야 매우 고마워하면서 배를 받았다.

사실 태무랑은 그들과 헤어질 때 선물로 주려고 배를 구입했던 것이다.

고구려 사람들은 자신들의 소유라는 것이 생전 처음으로 생기자 배를 애지중지했다.

하루 종일 배를 쓸고 닦고 조금이라도 잘못된 곳이 있으면 모두가 달라붙어서 고치려드는 바람에 배가 몸살을 앓을 지경이었다.

그들은 배의 이름을 '금오'라고 지었다. 고구려에서는 태양과 삼족오(三足烏)를 금오라고 한다는 것이다.

삼라만상 중에서 가장 강한 것이 태양이고, 그 태양을 매일 동쪽에서 서쪽으로 나르는 것이 삼족오니까, 금오는 태양과 삼족오 둘 다 아우르는 좋은 이름이다.

태무랑이 동릉에서 한나절 이상 머물 것이라고 했는데도 고구려 사람들은 배 즉, 금오에서 내리려고 하지 않았다.

그들은 이제 각자 호구도 갖고 있고 자유의 몸이므로 어디든지 갈 수 있는데도 금오에서 꼼짝도 하지 않았다. 아마도 몸에 배어 있는 피해의식 때문일 것이다. 또한 금오가 너무 좋기 때문이기도 할 터이다.

태무랑은 혼자 동릉현 내 거리를 걸어가고 있었다.

그는 염마도를 메고 진면목을 하고 있다. 무극신련에 발각되더라도 그 즉시 다른 얼굴로 변신할 수 있으므로 별로 개의치 않았다.

 또한 이곳은 무창에서 오백여 리 이상 멀리 떨어진 곳이라 경계가 느슨할 것이라고도 생각했다.

 신풍개는 동릉에 있는 개방분타로 향했다. 태무랑이 무창에서 송무평과 구건후, 그리고 청천문주 구본락을 죽인 이후에 무극신련이 어떻게 움직이고 있는지, 무림의 반향은 어떤지를 알아보기 위해서다.

 태무랑이 동릉에서의 볼일은 또 하나의 기화연당을 폐쇄시키기 위해서다.

 무극신련 휘하 사십팔지부 중에 안휘성 합비지부(合肥支部)인 금붕보(金鵬堡)가 동릉에서 운영하고 있는 기화연당이 이번 표적이다.

 무극신련이 은밀하게 운영하고 있는 기화연당은 천하 곳곳에 흩어져 있으며 모두 열두 곳이다.

 태무랑은 그중에 두 곳인 낙양과 악양의 기화연당을 폐쇄시켰다.

 이제 기화연당은 열 곳이 남았으나 절강으로 가는 길목에는 세 곳만 있다.

 이곳 동릉과 강소성(江蘇省) 남경(南京), 절강성(浙江省) 항주다.

 태무랑은 될 수 있는 한 이 세 개의 기화연당을 모두 폐쇄시킬 계획이다.

 그때 태무랑이 걸어가고 있는 거리 오른쪽 어느 객잔 앞에서 누군가의 고함 소리가 터졌다.

 태무랑은 별달리 관심이 없지만 자신이 가고 있는 방향이기 때문에 자연스럽게 쳐다보았다.

 객잔 앞에서는 객잔의 주인이 어떤 어린 소녀에게 고함을 치며 혼내고 있었다.

 다혈질인 듯 길길이 날뛰며 호통을 치는 객잔 주인의 고함을 간추려 보면 대충 이랬다.

 이틀 전 밤에 어느 사내가 하루치 방값을 내고 어린 소녀와 함께 이곳 객잔에 투숙을 했었다.

 그런데 다음날 아침에 객방에는 어찌 된 일인지 어린 소녀 혼자만 남아 있었다.

 어린 소녀는 흐느껴 울면서 부친, 즉 사내가 곧 돌아올 것이라며 여기에서 기다려야 한다고 말했다.

 객잔 주인은 어린 소녀를 하루 더 머물게 했다. 자비로워서가 아니라 어차피 손님이 없어서 파리를 날리느니 속는 셈치고 방값이나 벌자는 생각에서였다.

 그런데 이틀이 지난 오늘까지 어린 소녀의 부친은 돌아오지 않고 있다.

그래서 야박한 객잔 주인이 어린 소녀를 객잔 밖으로 끌어내서 바락바락 악을 써가며 방값을 내라고 혼을 내주고 있는 중이었다.

어린 소녀는 고개를 숙인 채 계속 울고만 있고, 그녀의 그런 모습 때문에 더 속이 뒤집어진 객잔 주인의 고함 소리는 점점 더 커졌다.

몇몇 사람이 그 광경을 구경하고 있지만 아무도 나서지 않고 지켜보기만 했다.

그때 화가 머리 꼭대기까지 치민 객잔 주인이 갑자기 커다란 손으로 어린 소녀의 머리채를 움켜잡더니 번쩍 쳐들며 욕을 퍼부었다.

"당장 아가리 닥치고 네 아비나 불러와라 엉?"

그 바람에 어린 소녀의 얼굴이 드러났다.

태무랑은 어린 소녀를 본 적이 있었다. 그가 대파산에서 반년 동안 무공 연마를 끝내고 형주에서 악양까지 가는 배를 탔을 때 그 배에 타고 있던 아이였다.

그 당시에 어린 소녀는 부친으로 보이는 사내와 함께 갑판에 웅크리고 있었다.

"이년이! 그치지 못해?"

화를 참지 못한 객잔 주인이 때리려는 듯 오른손을 번쩍 쳐들었다가 후려쳤다.

어린 소녀는 오들오들 떨면서 울기만 할 뿐 피할 엄두조차 내지 못했다. 아니, 그가 때리는 것조차 모르고 있었다.

퍽!

"으악!"

순간 객잔 주인은 누군가에게 느닷없이 복부를 한 대 걷어 채고는 비명을 지르며 뒤로 날아가 객잔 담에 부딪쳤다가 나뒹굴었다.

객잔 주인을 걷어찬 태무랑은 어린 소녀 곁에 우뚝 서서 무표정한 얼굴로 객잔 주인을 쳐다보았다.

"이 아이가 빚진 돈이 얼마냐?"

태무랑은 조금도 힘을 싣지 않고 걷어찼기 때문에 객잔 주인은 심하게 다치지 않았다.

그는 태무랑의 위세에 억눌려서 비칠거리며 일어나 연신 고개를 조아렸다.

"바… 받지 않아도 됩니다요……. 네…….."

태무랑은 미간을 좁혔다.

"받지 않아도 될 돈 때문에 이 아이를 그토록 혼냈느냐?"

"요, 용서하십시오……."

태무랑은 품속에서 되는대로 은자 몇 냥을 꺼내 객잔 주인에게 내던졌다.

어린 소녀는 눈물범벅인 얼굴을 들어 놀란 듯 태무랑을 바라보고 있었다.

"아저씨……."

그녀는 태무랑이 함께 배를 탔던 사람이라는 사실을 기억해 내고는 언뜻 반가운 표정을 지었다.

그때 갑자기 거리 쪽에서 놀라는 듯한 여자의 외침이 터져 나왔다.

"난아!"

그러더니 한 여자가 어린 소녀에게 달려왔다.

어린 소녀는 달려오는 여자를 보더니 반갑게 외치며 마주 달려가서 안겼다.

"언니!"

"난아!"

어린 소녀는 우란이고, 달려온 여자는 강남삼미 중 한 명이라는 수월화였다.

객잔 주인은 한쪽에 우두커니 선 채 혼비백산한 표정을 짓고 있었다.

아비가 버리고 간 쓸모없는 어린 계집인 줄만 알았더니 그게 아니었다.

쟁쟁해 보이는 무림인을 두 명씩이나 알고 있는 것으로 봐서는 어린 소녀의 신분이 대단할 것 같았다.

그나마 고함치고 머리카락만 움켜잡았기에 망정이지, 어린 소녀를 한 대 때리기라도 했다면 어쩔 뻔했는가.

만약 그랬더라면 뼈도 추리지 못할 운명에 처했을 것이라 생각하면서 객잔 주인은 와들와들 몸을 떨었다.

수월화는 우란을 품에 안고 쓰다듬으면서 놀란 목소리로 물었다.

"왜 여기에 혼자 있는 것이니? 아버지는 어딜 가셨니?"

태무랑은 두 여자를 잠시 쳐다보다가 그 자리를 떠났다.

태무랑은 신풍개를 만나서 새로운 정보와 동릉의 기화연당에 대해서 자세한 설명을 들었다.

이어서 밤이 되기를 기다렸다가 기화연당으로 향했다.

금붕보가 운영하는 동릉의 기화연당은 마을 끄트머리 장강 강변에 위치해 있었다.

신풍개는 태무랑이 동릉의 기화연당을 습격하는 것을 전적으로 반대했었다.

개방 동릉분타의 개방 제자들이 수집한 정보에 의하면, 무극신련의 무극삼대 중 하나인 벽력질풍대(霹靂疾風隊) 삼백 명이 동릉의 기화연당에 투입됐다고 한다.

그뿐 아니라 동릉의 기화연당을 운영하는 합비의 금붕보에서도 백 명의 고수를 파견했다는 것이다.

기화연당에 상주하는 무사들을 제외하더라도 도합 사백 명이 적안혈귀가 기화연당에 잠입하기만을 기다리고 있는 것이다.

그렇기 때문에 신풍개가 태무랑을 극구 만류하는 것도 무리가 아니었다.

무극신련은 적안혈귀가 기화연당을 가만 놔두지 않는다는 사실을 간과하지 않았다.

또한 얼마 전에 적안혈귀가 악양의 기화연당을 폐쇄시킨 것으로 미루어 다음 차례는 동릉의 기화연당이라고 예상한 듯하다. 그래서 이곳에 대대적인 함정을 파놓은 것이다.

하지만 무극신련은 적안혈귀가 반드시 이곳에 올 것이라고 확신하지는 못한 것 같다.

만약 그랬다면 벽력질풍대 정도가 아니라 훨씬 더 많은 정예고수들을 동릉의 기화연당에 매복시켰을 것이다.

무극신련은 여태까지는 기화연당하고는 터럭만큼도 연관이 없는 것처럼 행동했었다.

그런데 최정예인 벽력질풍대가 기화연당에 투입됐다는 것은 무극신련이 기화연당하고 어떤 관계가 있음을 스스로 인정한 것이나 다름이 없다.

하지만 무극신련은 선택의 여지가 없었다. 그렇게 해서라도 기필코 적안혈귀를 잡아야만 하는 것이다. 물론 목적은 금강불괴계획 때문일 것이다.

태무랑이 그런 사실을 신풍개에게 듣고서도 동릉의 기화연당에 온 것은 자신의 눈으로 직접 확인하려는 의도에서다.

만약 벽력질풍대가 매복해 있다면 그는 미련없이 이곳을 포기할 생각이다.

강제로 기화연당에서 기녀 수업을 받고 있는 화뢰들이 불쌍하기는 하지만 큰 희생을 치르면서까지 구해줄 만한 일은 아니다. 태무랑은 그토록 정의로운 사람은 아니다.

그러나 개방의 정보가 잘못됐을 수도 있다. 만약 동릉의 기화연당에 벽력질풍대가 없고 금붕보 고수들 정도만 있다는 사실이 확인되면, 태무랑은 기화연당을 폐쇄하고 화뢰들을 해방시켜 줄 것이다.

태무랑은 동릉의 기화연당 바깥을 은밀하게 한 바퀴 돌아보면서 안팎의 상황을 살펴보았다.

그 결과 기화연당 바깥에는 아무도 없고 안쪽에서 괴괴한 기운이 물씬 풍겨 나오는 것을 감지했다.

그 기운은 마치 태무랑이 무극신련 지옥에서 연무장에 끌려갔을 때 느꼈던 것과 흡사했다.

죽도록 얻어터지기 직전의 느낌. 기화연당 안에는 벽력질풍대가 있는 것이 분명했다.

만약 벽력질풍대를 밖에 매복을 시켰다면 적안혈귀가 눈치챌 수도 있으니까 모두 안에 웅크리고 있는 것이다.

 그랬다가 일단 적안혈귀가 기화연당에 잠입하면 벽력질풍대의 백 명이나 절반 정도가 밖으로 쏟아져 나와 신속하게 포위망을 형성하고 안쪽으로 좁혀들 것이다. 그것이 전술의 기본이다.

 태무랑은 강둑의 무성한 나무 사이에 서서 기화연당을 응시하다가 몸을 돌렸다. 포기한 것이다.

 "……!"

 아니, 몸을 돌리다가 뚝 멈췄다.

 저만치 길 끝에서 하나의 검은 인영이 빠른 속도로 기화연당을 향해 쏘아오는 것을 발견했기 때문이다.

 태무랑은 나무 뒤로 숨었다.

 쏘아오는 인영은 왜소한 체구였다. 여자가 분명했다. 또한 오른쪽 어깨에 검을 메고 있는 것이 보였다. 그리고 그다음에는 얼굴이 보였다.

 그녀가 누군지 알아본 태무랑은 슬쩍 미간을 좁혔다. 그녀는 다름 아닌 수월화였다.

 휘익!

 태무랑에게서 삼 장쯤 떨어진 길 위를 수월화가 쏜살같이 스쳐 지나가는 파공음마저도 생생하게 들렸다.

그녀는 좌우를 살피지도 않고 곧장 쏘아가서는 기화연당의 담을 가볍게 날아서 안으로 사라졌다.

그녀의 거침없는 행동은 기화연당 안이 어떤 상황인지 모르기 때문에 가능한 일이다. 또한 자신의 무위를 믿고 있다는 뜻이다.

하지만 수월화가 얼마나 뛰어난 무위를 지니고 있는지는 몰라도 지금 상황은 섶을 지고 불구덩이 속으로 뛰어든 것이나 다름이 없다.

아니나 다를까, 수월화가 기화연당 안으로 잠입하고 채 세 호흡도 지나기 전에 안에서 무기끼리 부딪치는 소리와 파공음, 외침이 한데 뒤섞여 어지럽게 터져 나왔다.

차차차창!

"물러나라! 나는 사람을 찾으러 왔다! 우경도(禹徑道)가 이곳에 있는 것을 알고 왔으니 어서 그를 내놓아라!"

수월화의 다급한 외침이다. 그러나 곧 그녀의 짤막한 비명이 흘러나오더니 싸우는 소리가 멈췄다.

"네놈들은 누구냐?"

그녀는 제압당한 상태에서 소리 지르는 것 같았다.

태무랑은 거기까지만 듣고 발길을 돌려 동릉현 쪽으로 걷기 시작했다.

수월화가 이곳에 무엇을 하러 왔든, 벽력질풍대에게 제압되었든 추호도 관심이 없다.

태무랑은 교교히 쏟아지는 달빛을 맞으면서 텅 빈 관도를 산책하듯 천천히 걸었다.

벽력질풍대는 기화연당에서 태무랑을 계속 기다리고 있을 것이다.

그러다가 언젠가는 기다리기를 포기할 테지만, 그때쯤 태무랑은 이곳에 없다.

벽력질풍대가 포기할 때까지 기다릴 만큼의 시간적 여유가 없기 때문이다.

그는 걸으면서 문득 은지화와 그녀를 납치해 갔다는 옥령을 떠올렸다.

만약 은지화가 태무랑하고 인연을 맺지 않았었다면 지금과 같은 처지에 놓이지 않았을 것이다.

또한 그녀의 큰 숙부인 소도천이라는 인물이 죽는 일도 없었을 것이다.

은지화는 태무랑에게 음으로 양으로 많은 도움을 주었다.

그렇지만 그랬다는 이유 때문에 은지화와 낙성검문은 화를 당하고 말았다.

태무랑은 본의 아니게 은지화와 낙성검문에 큰 빚을 지게 된 것이다.

'화아……'

은지화가 아름답게 미소 짓는 모습이 휘영청 둥근 보름달 아래에 떠올랐다.

 그리움보다는 파도처럼 걱정이 밀려들었다. 이제는 누이동생 태화연을 걱정하는 것에 은지화의 걱정이 더해졌다.

 태무랑은 번성의 대홍산에서 철검추풍대와 싸움 후에 그녀를 만나지 않고 내버려 둔 채 그냥 온 것이 이제 와서 후회스러웠다.

 그 당시에 그녀와 함께 여행을 계속했더라면 운명은 전혀 다른 방향으로 바뀌었을 것이다.

 그 대신에 태무랑은 대파산에서 반년 동안 무공 연마를 하지 못했을 것이다.

 한순간의 선택이 사람의 운명을 이렇게도 또 저렇게도 바꾸어 버렸다.

 뚝.

 그는 갑자기 걸음을 멈추었다. 무슨 생각이 머리를 스쳤기 때문이다.

 '그렇다면 지금 옥령은 무극신련을 나와서 나를 찾으려고 돌아다니고 있을지도 모른다.'

 비록 옥령이 은지화를 납치한 것이 오래전 일이지만, 옥령의 목적이 태무랑을 찾는 것이라면 그렇게 쉽게 무극신련으로 돌아가지는 않았을 것이라는 생각이 들었다.

옥령은 태무랑을 찾고 있지만, 반대로 그것은 태무랑이 옥령을 죽일 수 있는 기회일 수도 있다.

신풍개에게 옥령의 행방을 수소문해 달라고 부탁하면 개방의 힘을 빌려서 옥령을 찾아낼 수 있을지도 모른다.

'신풍개.'

문득 태무랑은 한 가지 우려가 생겼다. 은지화의 예로 봤을 때, 신풍개가 태무랑하고 계속 친구로 지낸다면, 그래서 그 사실이 무극신련의 귀에 들어간다면, 신풍개에게도 변고가 닥칠 수 있는 것이다.

무극신련은 개방이라고 해서 봐주거나 하지 않을 것이다.

하지만 지금은 태무랑이 신풍개에게 도움을 받을 수밖에 없는 상황이다.

아니, 구태여 도움이 아니더라도 신풍개는 태무랑이 무림에 나와서 처음으로 얻게 된 친구다. 그러므로 그를 잃고 싶지 않은 마음이 드는 것은 당연하다.

그때 태무랑은 뒤쪽에서 누군가 달려오는 소리를 들었다.

第三十九章
무령왕(武嶺王)의 딸

태무랑은 굳이 피하려고 하지 않고 계속 걸어갔다.

탁탁탁.

달려오는 사람은 태무랑의 반 장 옆을 스쳐 지나갔다. 그러나 경공을 사용하는 것이 아니라 두 발로 달리고 있었다.

두 발이 땅을 딛는 소리가 묵직한 것으로 미루어 부상을 당한 듯했다.

그 사람은 스쳐 지나가면서 힐끗 태무랑을 쳐다보았다.

태무랑은 그를 쳐다보지는 않았으나 그가 앞으로 달려나가자 자연히 오른쪽 어깨 뒤쪽에서 피를 흘리고 있는 것을 목격하게 되었다.

그때 그 사람이 삼 장쯤 달려가다가 걸음을 멈추고 비틀거리면서 뒤돌아서며 중얼거렸다.

"당신은……."

태무랑을 알아본 것이다.

그녀는 수월화였다. 태무랑은 뒤에서 달려오는 사람이 그녀라는 것과 다쳤다는 사실을 알고 있었으나 자신하고는 상관이 없어서 모른 체했었다.

수월화가 아는 체를 했으나 태무랑은 묵묵히 걸음을 옮겨 그녀를 지나치려고 했다.

"아……."

그때 수월화가 크게 비틀거리면서 쓰러지다가 급히 한 손으로 태무랑을 잡으려고 했으나 그는 슬쩍 피하면서 계속 걸어갔다.

풀썩!

"아……."

이런 한밤중에 누군가 그것도 여자가 부상을 입고 쓰러지는 것을 목격했다면 당연히 도움을 줘야 하지만 태무랑은 눈썹 하나 까딱하지 않았다.

수월화는 쓰러진 채 일어나려고 안간힘을 쓰면서 태무랑을 향해 말했다.

"아까 낮에 당신이 난이를 구해주었다고 들었어요."

태무랑은 쓴웃음을 지었다. 그래서 그게 어쨌다는 말인가. 객잔 주인 놈이 눈에 거슬렸고 어린 소녀 우란이 불쌍해서 잠깐 도움의 손길을 뻗었을 뿐이다.

"소녀를 도와주세요……. 부상을 당했는데 걸을 수가 없어요……."

그러나 태무랑은 뒤돌아보지도 않았다.

수월화는 착잡한 표정을 지었다. 그녀는 일전에 배에서 태무랑을 몇 차례 본 적이 있었다.

또한 그녀는 어느 날 밤에 갑판을 산책하다가 강에서 한 줄기 투명한 빛이 솟아올라 태무랑이 묵는 누각 삼층의 창으로 스며드는 것을 목격했었다.

그때 그녀는 호기심을 누르지 못하고 누각의 창으로 솟구쳐 올랐다가 갑자기 태무랑이 창 안쪽에 불쑥 나타나는 바람에 놀라서 크게 균형을 잃었었다.

그래서 그녀가 급히 손을 내밀었으나 태무랑은 돌아서 버렸고, 그 바람에 그녀는 갑판에 추락하고 말았었다.

조금 전에도 그녀가 쓰러지기 직전에 그를 잡으려고 손을 뻗었으나 그는 냉정하게 피해 버렸다. 그녀는 잡아달라고 손을 뻗고, 그는 피하는 묘한 인연이다.

그때까지 수월화가 알고 있는 태무랑은 신비하면서도 냉

무령왕(武嶺王)의 딸 61

혹한 사람이었다.

그런데 아까 낮에 우란으로부터 그녀가 곤경에 처했을 때 태무랑이 구해줬다는 말을 듣고는 적이 놀라 그에 대한 선입견을 버렸었다.

그러면서 과연 사람은 겉모습만 보고 평가해선 안 된다며 자신을 꾸짖기까지 했었다.

"난이의 아버지가 저기… 기화연당이라는 곳으로 간 후에 소식이 끊어졌다고 해요."

그녀는 자신이 기화연당에 간 이유를 말했다. 그녀의 안타까운 말에 그녀로부터 오 장쯤 멀어지고 있던 태무랑은 비로소 뚝 걸음을 멈추었다.

기화연당이라는 말이 태무랑의 발을 붙잡았다. 우란의 아버지가 무엇 때문에 기화연당에 갔다는 말인가. 그런 궁금증 때문이다.

우란의 아버지는 필경 기화연당 안에 벽력질풍대라는 엄청난 매복이 있다는 사실을 추호도 몰랐을 것이다.

만약 그가 잠입했다면 백이면 백 발각되어 죽거나 제압되었을 것이다.

하지만 그런 사실은 태무랑의 발길을 오래 붙잡아두지 못했다. 그래서 그가 다시 걸으려고 발을 떼는데 수월화가 또다시 그의 발을 묶는 말을 꺼냈다.

"난이 언니가 납치되어… 화뢰라는 신분이 되었다고 해요. 기녀로 팔리기 전의 어린 소녀를 화뢰라고 한대요."

태무랑은 비단 걸음을 멈추었을 뿐만 아니라 돌아서서 수월화를 바라보기까지 했다.

"그래서 난이 아버지 우경도는 큰딸을 구하려고 난이를 데리고 천하를 헤매고 있다고 해요……."

방금 전까지만 해도 수월화와 우란, 그녀의 아버지 우경도는 태무랑하고는 생판 남남이었으나 지금은 성큼 가까운 사이가 돼버렸다.

동병상련이라는 것 때문이다. 우경도는 태무랑과 같은 병을 앓고 있는 것이다.

우란은 언니를 잃었으며, 수월화는 자신하고는 아무 상관도 없는 그들 부녀를 도우려다가 부상까지 입었다. 그러므로 그들 세 사람은 같은 병을 앓고 있다. 가족을 빼앗기고 또 찾으려는 애달픈 병이다.

태무랑은 수월화를 향해 걸어가며 중얼거리듯 물었다.

"저 기화연당에 우란이라는 아이의 언니가 있느냐?"

"그건 모르겠어요……."

수월화는 그 무엇이 태무랑으로 하여금 갑자기 발길을 돌려 자신에게 다가오게 하는지 알지 못했다.

"너는 어떻게 저기에 우란의 아버지가 있다고 확신하느냐?"

"난이가 말해주었어요. 우란의 아버지 우경도는 난이에게 모든 것을 말해준다더군요."

수월화는 땅바닥에 앉아서 고통스러운 표정을 지으면서도 차분하게 대답하려고 애썼다.

태무랑은 우경도가 큰딸의 행방을 정확하게 모르는 상황에서 큰딸이 화뢰이며 기화연당에 끌려갔다는 사실만 알고는 무작정 천하의 기화연당을 찾아다니고 있는 것이라고 짐작했다.

만약 그렇다면 우경도의 심정은 태무랑보다 더 비참할 것이다. 태무랑은 최소한 누이동생이 어디로 갔는지는 알고 있지 않은가.

딸을 찾아 헤매는 아버지 우경도와 누이동생을 찾아 떠도는 태무랑은 어딘가 많이 닮았다.

수월화는 앉은 채 상처를 지혈을 하고 나서 혼자서 끙끙거리며 힘겹게 일어섰다.

그러자 방금 지혈한 상처가 터져서 피가 철철 흘러내렸다.

고명한 솜씨로 지혈을 하지 않고 섣부른 재주로 지혈을 할 경우 몸을 움직이면 금세 상처가 다시 터지는 것이 상식이다. 수월화는 의술이 뛰어나지 않은 것이 분명했다.

"아아……."

수월화는 다시 주저앉았다.

"도와주세요……. 우경도를 찾아야만 해요……. 그를 난이에게 돌려보내야 해요……."

 태무랑은 뻣뻣하게 선 채 그녀를 굽어보며 무표정한 얼굴로 물었다.

 "그가 어디에 있는지 알고 있느냐?"

 "알아요……."

 "어디냐?"

 수월화는 아무런 의심도 하지 않고 대답했다.

 "아아… 그가 현 서쪽의 벽풍장(碧風莊)이라는 곳에 갇혀 있다고 했어요."

 그렇다면 우경도는 기화연당에 잠입했다가 벽풍질풍대에게 제압되어 다른 곳 즉, 벽풍장에 감금된 것이 분명하다.

 "그걸 어떻게 알았느냐?"

 수월화는 어깨의 상처를 누르고 있던 피 묻은 손으로 기화연당 쪽을 가리켰다.

 "저기에 있는 자들이 말해주었어요."

 태무랑은 슬쩍 검미를 찌푸렸다. 벽력질풍대가 기다리는 표적은 적안혈귀지, 우경도가 아니다.

 그렇다고 해도 기화연당에 잠입했다가 제압된 자가 갇혀 있는 장소를 그렇게 간단히 수월화에게 말해줬다는 사실이 이상했다.

 "그들이 왜 우경도가 있는 곳을 너에게 가르쳐 주었느냐?"

수월화는 꼬치꼬치 캐묻는 태무랑이 조금 이상하다는 생각이 들었다.

하지만 그녀의 천성이 고분고분한지 묻는 말에 꼬박꼬박 대답했다.

"아마… 소녀의 신분 때문일 거예요."

태무랑이 침묵을 지키자 그녀는 찡그린 얼굴로 말을 이었다.

"소녀의 아버님은 무령왕(武嶺王)이에요."

순간 태무랑은 움찔 몸이 굳었다.

"네가……?"

"그래요. 그래서 그자들이 후환 때문에 소녀를 다시 놔준 것이죠. 우경도가 갇혀 있는 장소도 말해주고……."

태무랑은 무림에 대해서는 아직도 모르는 것이 많지만, 적어도 무령왕이 누군지는 너무도 잘 알고 있다.

아니, 이 땅에서 나라의 녹을 받아먹는 관리나 군사들이라면 무령왕을 모를 리가 없다.

무령왕은 당금 대명황제의 친동생이면서 대명제국에서 가장 위대한 군인이기 때문이다.

그는 총사대장군(總司大將軍)의 지위이며, 대명제국의 군권(軍權)을 한 손에 쥐고 있다.

그러나 대륙의 모든 관리와 군사들이 무령왕을 진심으로 존경하는 진짜 이유는 따로 있다.

전투에 있어서 그는 언제나 가장 선두에서 달려나가고, 퇴각할 때는 맨 마지막에 복귀하기 때문이다.

최하 말단 일반 군사들하고 어울려서 독한 화주를 마시며 그들의 고충을 귀담아 듣고, 그들의 애환에 진심으로 눈물을 흘리며 함께 슬퍼하는 인물.

그가 바로 이 땅 위에서 가장 위대한 군인 총사대장군 무령왕인 것이다.

그러므로 당연히 태무랑도 무령왕을 알고 있다. 한 번도 그를 본 적은 없으나, 지금껏 살아오면서 누군가를 존경했다면 바로 무령왕이었을 것이다.

그런데 지금 태무랑의 발아래 주저앉아서 상처를 짓누르며 고통스러운 표정을 짓고 있는 여자, 아니, 소녀가 그 무령왕의 딸이라는 것이다.

하지만 수월화가 무령왕의 딸이라는 사실로는 태무랑을 움직이게 하지 못한다.

다만 그녀가 납치된 딸을 애타게 찾아 헤매는 우경도를 돕고 있다는 사실, 그래서 부상까지 입었다는 것이 태무랑의 마음을 움직였다.

"아……."

수월화의 상체가 뒤로 서서히 넘어가기 시작했다. 피를 너무 많이 흘린 탓이다. 정신을 잃지는 않았으나 곧 그렇게 될 것이다.

그녀는 쇄골하동맥(碎骨下動脈)이 끊어졌다. 제아무리 절정고수라고 해도 동맥이 터진 상태에서 제대로 지혈을 하지 않으면 반 각 안에 죽고 만다.

수월화는 의술에는 조예가 깊지 않지만 자신이 동맥을 다쳤다는 사실과 제대로 지혈을 하지 않으면 목숨이 위태롭다는 사실을 알고 있다.

"의… 술을 알고… 계신가… 요?"

그녀는 완전히 상체를 땅에 눕힌 채 태무랑을 올려다보며 반쯤 감은 눈으로 더듬거렸다.

"모른다."

태무랑의 짧은 그 한마디는 그녀가 곧 죽을 것이라는 예고나 같았다.

"그렇군요……. 하아……."

수월화의 얼굴에 얼핏 안타까움이 스쳤다. 그러나 태무랑은 그것이 그녀 자신의 죽음 때문이 아니라 우란과 우경도를 염려하는 안타까움이라고 느꼈다.

어떻게 돼먹은 여자가 이런 절박한 상황에서도 남을 염려할 수 있는지 신기한 일이다.

태무랑은 그녀를 번쩍 안고 관도 변의 풀숲 속으로 쏘아 들어갔다.

일단 숲속 풀밭에 그녀를 눕혔으나 의술에 대해서 전혀 문외한이기 때문에 어떻게 손을 써야 할지 알지 못한다.

그래서 그는 순전히 자신의 주관에 따라서 치료해 보기로 마음먹었다.

즉, 그가 상처를 입으면 저절로 오행지기가 치료를 하는 것에 착안하여, 수월화를 오행지기로 치료하려는 것이다. 달리 뚜렷한 방법이 있는 것이 아니라 상처 부위에 오행지기를 주입해 보자는 것이다.

수월화는 아직 의식을 잃지 않은 상태다. 그녀는 안색이 백지장처럼 창백해져서 눈을 반쯤 감은 채 태무랑을 바라보기만 했다.

태무랑은 잠시 그녀를 굽어보다가 손을 뻗어 상처 부위를 살펴보았다.

베어진 옷으로 미루어 오른쪽 쇄골에서 오른쪽 젖가슴 유두까지 세로 반 뼘 이상 길이로 깊게 베어졌다.

피범벅에 옷으로 가려져 있어서 상처가 어느 정도인지 분간하기가 어려웠다.

찌익!

태무랑은 베어진 옷을 두 손으로 잡고 양쪽으로 거침없이 길게 찢었다.

수월화는 의식을 잃지 않았으나 꼼짝도 하지 않고 그가 하는 대로 내버려 두었다.

단지 눈을 감지 않으려고 애쓰면서 그를 똑바로 바라보았다.

새빨갛게 핏물에 범벅된 수월화의 오른쪽 어깨와 가슴이 완연하게 드러났다.

천하의 수많은 사내들이 한 번만이라도 보기 원하는 강남 삼미 수월화의 젖가슴이지만, 지금은 푸줏간의 고깃덩어리와 별반 다르지 않은 모습이다.

쇄골은 잘라졌으며 그 아래쪽과 풍만한 젖가슴이 유두 한 치 못 미친 곳까지 베어져서 쩍 벌어졌는데, 그곳에서 피가 콸콸 뿜어지고 있었다.

"하아… 하아… 힘들… 겠지… 요……?"

그때 수월화가 희미한 미소를 지으며 중얼거렸다.

태무랑은 대꾸하지 않고 오행지기를 일으켜서 왼손에 모으고 손바닥을 활짝 펼쳐서 그녀의 상처를 덮었다.

상처가 꽤 길었으나 그의 손이 워낙 커서 한 손으로 다 덮을 수 있었다.

이어서 천천히 오행지기를 주입시켰다. 이것이 먹히지 않는다면 그로서도 방법이 없다. 그녀가 죽든 말든 이곳에 놔두고 가야 한다.

그는 슬쩍 수월화를 쳐다보았다. 그녀는 태무랑을 보고 있었는데 동공이 움직이지 않아서 눈을 뜨고 혼절한 듯했다.

"아… 직… 죽지 않… 았어요……."

그때 그녀가 몹시 알아듣기 어려운 작은 목소리로 띄엄띄엄 간신히 말했다.

태무랑은 수많은 죽음과 죽어가는 사람들을 봤으나 수월화처럼 자신의 죽음에 초연한 사람은 처음 봤다. 더구나 그녀처럼 고귀한 신분의 여자가 말이다.

죽는 사람들은 대부분, 아니, 모두 슬퍼하고 안타까워하며 죽지 않으려고 발버둥을 치는 법이다.

그런데 그녀는 오히려 태무랑을 애쓰게 만들어서 미안하다는 듯한 표정이다.

더구나 희미하지만 미소까지 지었다. 피범벅 고깃덩어리로 변한 젖가슴하고는 달리 뽀얀 얼굴에 피어난 미소는 한밤중에 핀 한 송이 수선화 같았다.

하지만 태무랑 눈에는 그것이 울고 있는 것보다 더 슬픈 모습으로 보였다.

자신의 목적을 위해서도 아니고, 남을 위하다가 죽어가면서 어떻게 이처럼 초연할 수 있는지 별종이다.

"하악!"

오행지기가 어느 정도 주입되었을 때, 갑자기 수월화가 눈을 한껏 커다랗게 뜨고 상체를 뒤로 젖히며 입을 크게 벌리면서 숨을 몰아쉬었다.

태무랑은 잠시 자신의 손등에 시선을 주었다가 움찔 놀라 급히 그녀를 쳐다보았다.

"아아… 고통이 씻은 듯이 사라지고 기분이 매우 좋아요. 죽을 때는 이런 느낌인가요?"

그녀는 행복에 겨운 표정을 지으며 노래하듯이 말했다. 그녀는 사람이 죽기 직전에 정신을 차리고 기운이 약간 도는 회광반조(回光反照)가 찾아온 것이라고 여긴 듯하다.

태무랑은 자신이 주입하고 있는 오행지기 중에서 토기와 수기가 그녀의 상처를 통해서 체내로 빨려들듯이 주입되고 있으며, 나머지 세 개의 기운은 다시 손바닥으로 되돌아오는 것을 느꼈다.

그렇다면 상처를 치료하는 것은 토기와 수기다. 그때부터 그는 그 두 기운만을 집중적으로 주입시켰다.

"하아아… 하아아……."

그러자 수월화의 얼굴에 점차 혈색이 돌아오면서 거칠게 숨을 몰아쉬었다. 한동안 숨을 제대로 쉬지 못했기 때문에 그러는 것이다.

반 각쯤 지났을 때 수월화의 정신은 완전히 정상으로 돌아온 듯했다.

"아아… 대체 어떻게 한 거죠? 상처를 입기 전보다 기분이 더 명료하고 상쾌해요……!"

그녀는 누운 채 신기한 듯 탄성을 흘려냈다. 회광반조가 이처럼 길지는 않을 것이라고 생각한 것이다.

태무랑은 그녀의 상처를 살펴보려고 상처에서 잠시 손을 떼어보았다.

하지만 온통 피범벅이라서 제대로 보이지 않아 손으로 피를 문질러서 닦아냈다.

쇄골에서부터 젖가슴 유두 가까이까지 길게 베인 상처가 드러났다.

상처는 여전히 손가락 두 개가 한꺼번에 들어갈 정도로 넓고 깊게 벌어진 상태이며 쇄골과 갈비뼈가 잘라진 것이 선명하게 보였다.

상처가 나기 전에는 얼마나 아름다운 젖가슴이었는지는 몰라도 지금은 그저 칼질을 해놓은 고깃덩어리 같았다.

그런 상태인데도 수월화가 느끼던 고통이 사라지고 상쾌해진 이유는 지혈이 되고 토기와 수기가 체내에 주입되어 심신을 안정시켰기 때문이다.

지혈이 제대로 됐기 때문에 죽을 일은 없지만, 잘라진 뼈가 붙으려면 꽤 오랜 나날 동안 치료를 해야 하고 갈라진 상처는 죽을 때까지 보기 흉한 흉터로 남을 터이다. 여자에게는 치명적인 약점이다.

움직일 수 있게 된 수월화는 양쪽 팔꿈치로 바닥을 지탱하고 고개를 들어 상처를 보려고 애썼다.

"아아……."

하지만 움직이자 상처의 고통이 다시 엄습하여 그녀는 뜻을 이루지 못하고 신음을 흘리며 다시 누워버렸다.

태무랑은 그녀의 상체를 잡고 조심스럽게 일으켜서 나무에 기대게 해서 상처를 보게 해주었다.

수월화는 자신의 상처를 굽어보며 한동안 아무 말도 하지 않더니 이윽고 처연하게 중얼거리며 웃었다.

"이런 꼴로는 시집을 못 가겠군요. 아하하……."

그때 태무랑은 처음으로 수월화의 본심을 엿본 듯한 기분이 들었다.

그녀는 몹시 슬프면서도 또 절망하는 기분일 것이다. 하지만 뭔가가 그녀의 본심을 겉으로 드러내지 못하게 가로막고 있는 듯했다.

아마도 그것은 왕가(王家)의 공주로서 어렸을 때부터 받은 엄한 교육 때문일 것이다.

그렇다면 자신의 젖가슴을 드러내고 외간남자에게 내보이고 있다는 사실도 큰 충격일 터이다.

슥—

태무랑은 묵묵히 왼손을 펼쳐서 수월화의 상처를 덮고 지그시 눌렀다.

가녀린 어깨와 쇄골에 비해서 매우 크고 풍만한 젖가슴이 그의 손안에서 찌그러졌다.

 수월화는 태무랑이 의술을 전혀 모른다고 말했는데 대체 무슨 신묘한 수법으로 자신을 치료하고 있는 것인지 몹시 궁금했다.

 처음에 그녀의 눈에 태무랑은 신비하고도 두려운 사람으로만 비쳤었지만 지금은 많이 달라졌다.

 신비한 것은 여전하지만, 그가 겉보기와는 달리 심성은 매우 다정다감하다는 사실을 알게 되었다.

 다른 사람은 그걸 알아보지 못할지라도 그녀는 알 수 있다. 그녀에겐 다른 사람이 갖고 있지 않은 심미안(審美眼)이 있기 때문이다. 즉, 마음의 눈이다.

 그녀는 치료에 열중하고 있는 태무랑을 말끄러미 응시하다가 속삭이듯 조용히 말문을 열었다.

 "소녀의 이름은 주령(朱玲)이에요."

 태무랑은 자신의 손등에 시선을 고정시킨 채 아무 말도 하지 않았다.

 "당신은 누구죠?"

 태무랑은 여전히 대답도 하지 않고 그녀를 쳐다보지도 않았다.

 당금 무림의 소문에 대해서 웬만큼 알고 있는 사람이라면 태무랑이 누군지 알아보았을지도 모르는데, 그녀는 소문하고는 벽을 쌓은 사람인 듯했다.

스우우…….

그때 그의 손바닥과 젖가슴이 밀착된 곳에서 흑백의 두 기운이 안개처럼 퍼져 나왔다. 토기와 수기가 상처를 치료하는 절정의 단계에 도달한 것이다.

"아……."

수월화는 깜짝 놀라서 눈을 크게 뜨고 바라보았다.

그러다가 상처 부위가 바늘 수백 개로 마구 콕콕 찌르는 듯한 느낌을 받았다.

그때 태무랑의 왼손이 그녀의 젖가슴을 손안에 모아 힘껏 움켜잡았다. 상처를 최대한 좁히려는 것이다.

"아아……."

수월화의 입에서 탄성이 흘러나오고 몸이 활처럼 뒤로 젖혀지며 바르르 온몸을 떨었다.

어떤 강렬한 기운이 오른쪽 젖가슴으로 쏟아져 들어와서는 온몸을 번갯불처럼 관통하는 느낌을 받았기 때문이다.

슥—

그렇게 반 각쯤 지났을 때 태무랑이 움켜잡았던 그녀의 젖가슴을 놓고 일어섰다.

나무에 상체를 기대고 있던 수월화는 바닥에 길게 누운 자세로 축 늘어져 있었다.

　태무랑이 젖가슴을 놓았지만 아직도 찌릿찌릿한 느낌이 몸속에 남아서 움직일 수가 없었다.

　그런데 그때 수월화는 태무랑이 등을 돌리더니 숲 밖으로 성큼성큼 걸어가는 것을 보고는 깜짝 놀라 외쳤다.

　"가지 말아요!"

　하지만 태무랑의 모습은 곧 그녀의 시야에서 사라졌다.

　태무랑을 붙잡고 싶은 안타까운 마음이 솟구쳤으나 수월화는 움직일 수가 없었다.

　그 자리에서 연이어 두 차례 운공조식을 하고 난 수월화는 크게 놀라는 표정을 지었다.

　처음에 한차례 운공조식을 했을 때 그녀는 자신의 공력이 증진됐다는 사실을 깨달았다.

　원래 그녀의 공력은 사십 년 남짓이었는데 육십 년 일 갑자 정도로 급증한 것이다.

　도저히 믿어지지 않아서 한 차례 더 운공조식을 해봤으나 결과는 마찬가지였다. 졸지에 그녀의 공력이 절반 이상 급증한 것이 분명했다.

　그녀는 오늘 늦은 오후에 우란과 함께 어느 객잔에 투숙했을 때에도 한차례 운공조식을 했었으며, 그때는 공력이 사십

년 수준이었다.

 공력이 급증될 만한 이유가 없다, 태무랑이 그녀를 치료한 것을 제외하면.

 문득 수월화는 아까 태무랑이 치료할 때 그의 손바닥과 젖가슴 사이에서 흑백의 안개 같은 것이 피어났던 광경을 기억해 냈다.

 그러면서 슬며시 상처 부위를 보다가 소스라치게 놀라고 말았다.

 "아……."

 여전히 피범벅인 젖가슴과 어깨지만 깊고도 넓게 벌어졌던 상처가 보이지 않았다.

 급히 손으로 만져봤지만 상처는커녕 상처가 있었던 흔적조차 남아 있지 않았다. 깨끗했다. 상처를 입기 전의 상태로 돌아갔다.

 수월화는 망연자실한 표정을 지었다.

 '도대체 그 사람은…….'

 그녀는 태무랑이 사라진 어두운 숲을 망연히 바라보았다.

 그녀는 피범벅인 한쪽 젖가슴을 드러낸 채 오랫동안 그 자리에 앉아 있었다.

第四十章
무극백절(無極百絶)

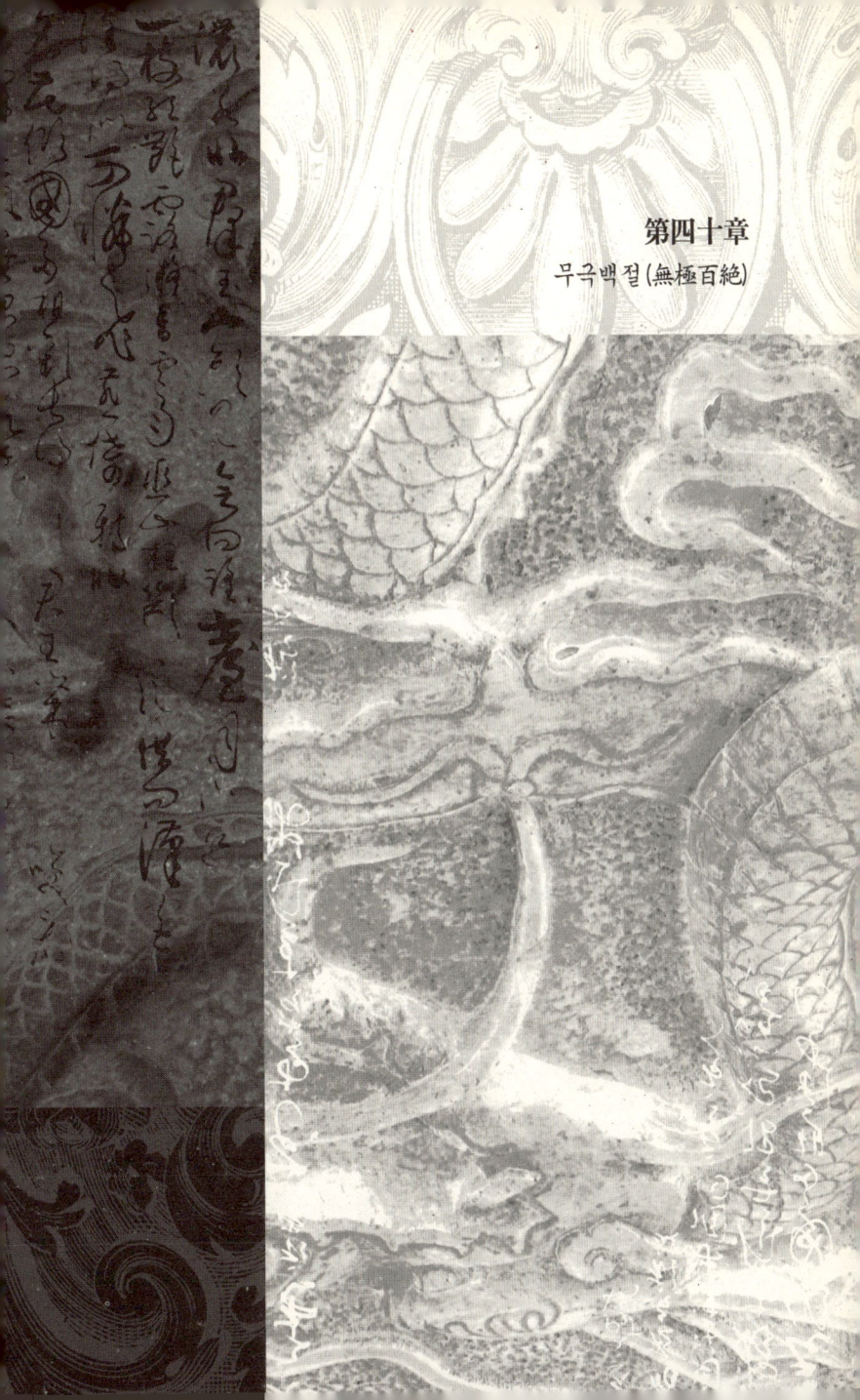

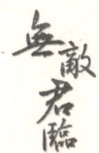

 수월화를 치료해준 태무랑은 곧장 동릉 서쪽에 있다는 벽풍장을 찾아갔다.
 벽력질풍대가 기화연당에 침입한 우경도를 제압하여 벽풍장에 감금했다는 사실은 나중 문제다.
 태무랑은 어쩌면 기화연당에 있던 화뢰들이 벽풍장에 있을지도 모른다고 추측했다.
 기화연당에 벽력질풍대를 매복시킬 정도로 만반의 준비를 했다면, 머잖아서 그곳이 치열한 전쟁터가 될 텐데 화뢰들을 대피시키지 않았을 리가 없다.

만약 우경도가 벽풍장에 있다고 수월화가 말해주지 않았다면 태무랑은 그런 추측을 하지 못했을 것이다.

자시(밤12시)가 가까워진 벽풍장은 불이 꺼졌고 고요함 속에 묻혀 있었다.

태무랑은 추호의 기척도 없이 벽풍장의 뒷담을 넘어갔다.

태무랑은 반 시진 만에 벽풍장을 평정했다. 즉, 벽풍장에 있던 무사 오십 명을 모조리 도륙했다.

사십여 명을 죽였을 때 나머지 십여 명이 무기를 버리고 무릎을 꿇으며 살려달라고 애걸복걸했으나 가차없이 모조리 죽여 버렸다. 인신매매에 가담한 놈들은 단 한 놈도 살려둘 가치가 없다.

무사들은 도저히 태무랑의 상대가 되지 못했다. 태무랑은 그들을 죽이는 것보다 일일이 찾아내는 데 더 많은 시간을 허비했다.

태무랑이 알게 된 또 하나의 사실은, 기화연당이 통째로 이곳 벽풍장으로 옮겨왔다는 것이다.

화뢰들과 그녀들을 가르치는 기녀들, 지키는 무사들, 숙수들과 잡일을 하는 사람들, 심지어 기화연당의 모든 자료들과 돈까지도 이곳에 옮겨와 있었다.

태무랑은 이곳 우두머리인 금붕보 일개 당주를 죽이고 그의 방에서 예의 금원보와 은자가 담긴 궤짝 일곱 개를 발견하여 그것들을 벽풍장 밖 장강 강변의 갈대숲 속에 옮겨서 감춰 놓았다.

이어서 화뢰들에게 나눠줄 은자를 따로 자루에 담아 다시 벽풍장 담을 넘었을 때 문득 우경도가 생각났다.

잠시 후에 그는 어느 전각 골방에 마혈과 아혈이 제압된 상태로 바닥에 쓰러져 있는 우경도를 발견했다. 태무랑은 그가 예전에 배에서 본 적이 있는 우란의 아버지라는 것을 한눈에 알아보았다.

우경도는 옆구리와 허벅지에 찔리고 베인 상처를 입었으나 지혈이 된 상태라서 생명에는 지장이 없었다.

우경도 역시 태무랑이 예전에 같은 배를 탔던 사람이라는 것을 알아본 듯했다.

"어떻게 된 거요?"

마혈과 아혈이 풀리자 우경도는 여러 가지 의문을 집약해서 한마디로 물었다.

태무랑이 어째서 벽풍장에 나타난 것이고, 우경도가 이곳에 갇혀 있는 것을 어떻게 알았으며, 자신을 구해주는 의도가 무엇이냐는 뜻이다.

태무랑은 한마디만 했다. 그러나 우경도의 질문하고는 거리가 먼 말이다.

무극백절(無極百絶) 83

"어린 딸을 그렇게 방치하지 마라."

"난이를 만났소? 그 아이는 어떻소?"

죽을 때까지 무표정으로 일관할 것 같던 우경도는 우란 얘기가 나오자 놀라면서 다급하게 물었다.

이렇게 갇혀서 언제 죽을지도 모르는 상황에서도 가장 걱정하던 것이 딸 우란이었기 때문이다.

태무랑은 그가 딸을 몹시 사랑한다는 사실을 느꼈다. 하긴, 딸을 사랑하지 않는 아버지가 어디에 있겠는가. 더구나 우경도는 화뢰가 된 큰딸을 찾아서 죽는 것을 두려워하지 않고 기화연당에 단신으로 침입했었다.

태무랑은 대답 대신 손짓으로 우경도를 눕게 하고는 그의 상처를 치료하기 시작했다.

이후 일각 정도 치료하여 우경도의 상처를 말끔하게 낫게 해주었다.

태무랑은 대전을 가로질러 입구로 걸어갔고, 우경도는 경직된 표정과 동작으로 그 뒤를 따랐다.

우경도는 기화연당에 침입했다가 벽력질풍대와 싸움이 벌어져 그들 세 명을 죽이고 제압됐었다.

초일류 수준인 벽력질풍수를 포위된 상태에서 세 명씩이나 죽였다는 것은 그의 실력이 대단한 수준이라는 사실을 대변하는 것이다.

 이후 부상을 당한 채 마혈과 아혈이 제압된 상태에서 이곳으로 옮겨져 골방에 감금됐으나 이곳이 어디인지 무엇을 하는 곳인지 일체 모르고 있었다.

 더구나 태무랑이 침묵으로 일관하고 있기 때문에 이곳 상황이 어떤지도 모른다.

 그래서 언제 어떤 상황이 벌어져도 대처할 수 있도록 바짝 경계하면서 태무랑의 뒤를 따랐다.

 그러나 대전 밖으로 나온 우경도는 적잖이 놀랐다. 그는 웬만한 일로는 눈빛조차 흔들리지 않는 강심장인데, 대전 밖에 벌어져 있는 광경을 보고는 놀라지 않을 수가 없었다.

 그의 눈앞에 펼쳐져 있는 것은 한 폭의 처참한 지옥도와 다름 아니었다. 다만 그림하고 다른 것은, 살아 있는 지옥도라는 점이다.

 목이 잘리거나 머리가 쪼개지고 몸통이 절단된 시체 수십 구가 즐비하게 깔려 있었으며, 그들이 흘린 피가 작은 내를 이루어 흐르고 있었다.

 더구나 지독한 피비린내에 우경도는 속이 메슥거렸다.

 그는 저만치 앞서 걷고 있는 태무랑이 이 지옥도를 만든 장본인일 것이라고 짐작했다.

 그런 생각을 하자 갑자기 어떤 생각이 번뜩 떠올랐다.

'설마 적안혈귀!'

우경도는 적안혈귀를 한 번도 본 적이 없다. 하지만 그에 대해서는 무림인들보다 더 많은 것을 알고 있다.

우경도는 무림의 수많은 소문 따위에는 조금도 흥미가 없는 사람이다. 하지만 적안혈귀에 대해서만은 지대한 관심을 갖고 있다.

적안혈귀가 우경도의 관심을 끈 이유는 단 하나다. 그가 낙양과 악양의 기화연당을 습격해서 무사들을 모조리 죽이고 화뢰들에게 은자를 듬뿍 줘서 고향으로 돌려보냈다는 사실 때문이다.

화뢰가 된 큰딸을 찾아서 천하를 헤매고 있는 우경도에겐 적안혈귀가 매우 큰 위로가 돼주고 있었다.

만약 적안혈귀가 더 많은 기화연당을 습격하고 그래서 더 많은 화뢰들을 고향으로 돌려보내면, 그중에 큰딸 우미(禹美)가 섞여 있을지도 모른다.

설혹 그런 기적이 일어나지 않더라도 우경도는 적안혈귀를 진심으로 존경하고 있다.

천하의 기화연당들을 모조리 때려 부수고 인신매매를 하는 자들을 죽이고 싶은 우경도의 간절한 염원을 적안혈귀가 대신 행해주고 있기 때문이다.

그래서 우경도는 한 번도 본 적이 없는 적안혈귀를 마음속으로 열렬히 응원했었고, 존경하는 마음까지 품었었다.

우경도는 가슴이 세차게 뛰었다. 그는 자신의 앞에서 성큼성큼 걸어가고 있는 흑의경장의 사내가 적안혈귀가 틀림없을 것이라고 확신했다.

흑의경장을 입었으며, 오른쪽 어깨에 도나 검이 아닌 기형 무기를 메고 있는 모습이 우경도가 들은 적안혈귀의 모습과 똑같았다.

장원 곳곳에 처참한 모습으로 죽어 있는 무사들을 도륙한 솜씨는 소문으로 들었던 낙양과 악양 기화연당의 광경과 조금도 다르지 않았다.

어째서 처음에 배에서 그를 봤을 때 알아보지 못했는지 억울하다는 생각마저 들었다.

이윽고 태무랑은 어느 전각의 대전으로 들어갔고, 우경도는 조심스럽게 따라 들어갔다.

"……!"

그 순간 우경도는 크게 놀라 그 자리에 굳어버렸다. 대전 안에 백이삼십여 명이나 되는 어린 소녀들이 몹시 겁먹은 얼굴로 한데 모여 웅크리고 앉아서 훌쩍거리며 울고 있는 광경을 발견했기 때문이다.

태무랑은 어린 소녀들 즉, 화뢰들 중 앞쪽의 몇 명을 턱으로 가리키며 중얼거렸다.

"너희들 이리 오너라."

하지만 화뢰들은 아무도 나서지 않았다. 오히려 몸을 더욱 옹송그리며 얼굴이 새하얗게 질렸다.

철렁!

태무랑은 은자가 든 묵직한 자루를 바닥에 내려놓고 방금 가리킨 화뢰들에게 지시했다.

"이 자루의 은자를 모두에게 삼백 냥씩 고루 나누어주도록 해라."

그 말에 대전 안이 갑자기 조용해졌다. 움직이는 사람도 없고, 우는 소리도 들리지 않았다. 모두들 놀라는 표정으로 태무랑을 주시하고 있었다.

기화연당의 무사들을 죽이고 화뢰들에게 은자 삼백 냥을 줘서 고향으로 돌려보내는 영웅이 출현했다는 소문을 이곳의 화뢰들도 잘 알고 있었다.

비교적 출입이 자유로운 기녀들이 화뢰들에게 바깥소식을 전하면서 적안혈귀에 대해서 말해주었기 때문이다.

화뢰들은 비로소 태무랑이 무적신룡이라는 사실과 이번에 구출되는 것이 바로 자신들이라는 사실을 깨닫고 한꺼번에 기쁨의 울음을 터뜨렸다.

이제는 아무도 두려움에 떨지 않았다. 흐느껴 우는 것은 같았으나 이것은 기쁨의 울음이다.

뻣뻣하게 굳은 채 경악하고 있던 우경도는 천천히 화뢰들에게 다가가서 한 명씩 차례차례 살피기 시작했다.

큰딸 우미를 찾으려는 것이다. 그러면서 그는 이곳에 우미가 있기를 간절히 기원했다.

우경도는 큰딸 우미를 찾지 못했다.

실망은 했으나 절망하지는 않았다. 적안혈귀가 있는 한 희망이 남아 있기 때문이다.

태무랑은 화뢰 모두를 이곳 벽풍장에서 데리고 나가 표국을 통해서 고향으로 돌려보내기로 결정했다.

이곳에 있는 것은 좋지 않다. 멀지 않은 기화연당에 벽력질풍대와 금붕보 고수들 백 명이 있기 때문이다.

그들의 목적이 적안혈귀를 상대하는 것이라고는 하지만, 벽풍장의 무사들이 적안혈귀에게 몰살됐다는 사실을 조만간 알게 될 터이다.

그렇게 되면 어떤 형태가 되든 화뢰들은 고향으로 돌아가지 못할 것이다.

태무랑과 우경도는 인시(새벽 4시)에 기녀들과 화뢰들을 인솔해서 거리로 나섰다.

화뢰들은 우경도가 가르쳐 준 대로 다섯 명씩 나란히 손을 꼭 잡고 긴 줄을 이루어 종종걸음으로 거리를 걸어갔다. 어린 소녀들의 발걸음은 나는 듯이 가벼웠다.

우경도가 앞에서 길을 인도하고 태무랑이 뒤에서 따르며 주위를 경계했다.

벽풍장에서 동릉현 내에 있는 표국까지의 거리는 삼백여 장 남짓이었다. 그 거리를 가는 동안만 조심하면 된다.

만약 무극신련이나 금붕보에서 동릉현 내를 감시하라고 고수들을 풀어놓았다면 그들에게 발각될 수도 있다.

그런 상황이 벌어지면 방법은 하나뿐이다. 기녀와 화뢰들에게 표국을 향해서 죽을힘을 다해 달리라고 해야 한다.

감시하는 고수들은 화뢰들 앞에 모습을 드러내지는 않을 것이다. 드러낸다면 태무랑이 처리하면 그만이다.

하지만 골치 아픈 일은, 감시자들이 그 사실을 벽력질풍대에게 즉각 알릴 것이고, 그들이 몰려오면 상황이 좋게는 끝나지 않을 것이라는 점이다.

벽풍장의 화뢰들이 풀려나서 거리를 활보하고 있다면, 그렇게 만든 사람이 적안혈귀라고 여길 것이기 때문이다.

그러나 다행히 우경도가 굳게 닫힌 표국의 문을 두드려 표사들을 깨우고, 기녀와 화뢰들을 표국 안으로 들어가게 한 후에도 별다른 일은 일어나지 않았다.

태무랑은 표국 밖에서 포구 쪽으로 걸음을 옮겼다. 금오로 가려는 것이다.

우경도에게 은자를 충분히 주었고, 화뢰들을 표국에 맡겨서 고향으로 보내도록 하라고 말해두었으니까 이제는 태무랑이 할 일은 다 끝난 셈이다.

우경도나 기녀들, 화뢰들에게는 더 이상 태무랑이 필요하지가 않다.

표국에는 표국주 이하 수많은 표사들과 쟁자수들이 있다. 금붕보가 제아무리 이 지역의 패자라고 해도 그들이 뻔히 보고 있는 곳에서 화뢰들을 끌고 갈 배짱은 없을 것이다. 그것은 배짱이 아니라 무덤을 파는 지름길이므로.

태무랑은 표국 앞에서 대여섯 걸음 걷다가 멈추고 뒤를 돌아보았다.

텅 빈 어두운 거리뿐 아무도 없었다. 하지만 그는 아까 벽풍장에서 나온 후부터 뭔가 기이한 느낌을 받았다.

그것은 마치 숲이나 골목길을 가다가 머리나 얼굴에 가느다란 거미줄을 뒤집어쓴 듯한 껄끄러운 느낌이었다.

그 느낌은 매우 흐릿하게 느껴졌다가 사라지고, 잠시 후에 다시 느껴지기를 반복했다.

그리고 방금 그 느낌을 받고 걸음을 멈춘 것이다. 그러나 주위에는 아무도 없다.

또한 태무랑은 근처에 누가 있으면서 자신의 이목을 속일 수 있을 것이라고는 생각하지 않았다.

사실 동릉현 내에는 금붕보에서 보낸 열 명의 고수들이 요소요소에서 감시를 하고 있었다.

물론 적안혈귀를 발견하면 즉시 기화연당의 벽력질풍대에게 알리기 위해서다.

그러나 그들 열 명의 고수는 누군가의 명령으로 현재 모두 객잔에서 휴식을 취하고 있는 중이다.

그들이 객잔에 들어간 시각은 태무랑이 벽풍장에 들어가고 나서 일각 후였다.

그들을 쉬도록 한 인물은 처음부터 벽풍장 내의 은밀한 곳에 은신해 있었다.

그는 적안혈귀가 기화연당에 매복해 있는 벽력질풍대를 발견하고, 또 화뢰들이 벽풍장에 있다는 사실을 알게 되면 곧장 달려올 것이라고 예견했다.

과연 그의 예상은 놀랍도록 정확하게 적중했다. 태무랑이 벽풍장에 나타난 것이다.

하지만 그는 태무랑이 벽풍장의 무사들을 모두 죽이고, 우경도를 구출하고 또 화뢰들을 이끌고 표국으로 갈 때까지도 모습을 드러내지 않았다.

뿐만 아니라 적안혈귀가 벽풍장에 있다는 사실을 벽력질풍대에게 알리지도 않았다.

이유는 하나다. 자신 혼자의 힘만으로도 충분히 적안혈귀를 제압할 수 있다고 확신했기 때문이다.
그는 적안혈귀가 혼자가 될 때까지 기다린 것이다. 일대일로 싸워서 실력으로 그를 제압하기 위해서다.

표국을 나선 우경도는 태무랑이 보이지 않자 적잖이 놀라고 당황했다.
자신이 볼일을 다 마치고 나올 때까지 태무랑이 기다리고 있을 것이라고 어째서 안이하게 생각한 것인지 자신이 한심스러웠다.
'바보 같은……'
그는 표국 앞에 우두커니 서서 자신을 책망했다.
태무랑에게 어떻게 해야겠다는 뚜렷한 계획도 없다. 계획을 세울 만한 여유도 없었다.
하지만 그와 함께 행동을 하고 싶다는 막연한 희망을 품고 있었다.
그러면 큰딸 우미를 구할 수 있는 가능성이 그만큼 더 높아질 것이라는 생각에서다.
그는 착잡한 심정으로 거리 양쪽을 두리번거리다가 표국을 돌아보았다.
방금 표국에 맡기고 나온 화뢰는 모두 백이십칠 명이고 기녀는 열다섯 명이다.

 그녀들은 오직 한 사람 적안혈귀 덕분에 지옥에서 빠져나와 새 삶을 찾게 되었다.

 우경도였다면 꿈도 꾸지 못할 일이다. 그는 자신의 큰딸 하나를 찾는 것만으로도 벅찬 상황이다.

 적안혈귀 한 사람으로 인해서 무려 백사십이 명의 여자들이 새로운 운명을 갖게 되었다.

 그녀들은 장차 혼인을 하게 될 것이고 많은 자식들을 낳게 될 것이다.

 그리고 그 자식들이 성장하여 또 더 많은 자손을 퍼뜨릴 터이다. 그렇게 생각하면 태무랑은 얼마나 많은 인명을 구한 셈인가.

 그런 생각을 하니까 우경도는 적안혈귀가 더욱 위대하게 여겨지고 존경스러웠다.

 반면에 그를 잃어버린 허탈감 때문에 아무것도 할 수 없는 무력감을 느꼈다.

 '이대로 포기할 수는 없다.'

 갑자기 그는 거리를 달리기 시작했다. 적안혈귀를 찾으려는 것이다.

 태무랑은 벽풍장에서 갖고 나온 일곱 개의 돈 궤짝을 감춰

놓은 장강 변의 갈대숲 쪽으로 걸어가고 있었다.

그런데 그는 강둑 위에 이르렀을 때 걸음을 멈추고 천천히 주위를 둘러보았다.

가느다란 거미줄이 얼굴을 뒤집어씌운 듯한 껄끄러운 기분이 다시 느껴진 것이다.

그것은 마치 누군가의 시선 같았다. 누군가 지켜보고 있는 듯한 느낌이었다.

결국 그는 이것이 우연이 아니라고 판단했다. 누군가 자신을 지켜보고 있다고 생각했다. 그것은 아마도 벽풍장에서부터였을 것이다.

지켜볼 정도라면 그다지 먼 거리가 아닐 것이다. 그런데도 태무랑이 그자를 감지하지 못하는 이유는 하나뿐이다.

'고수다.'

태무랑이 지금까지 싸운 적들 중에서 최강자는 철검추풍대의 대주 좌승이었다.

하지만 무극신련 총본련에는 좌승보다 고강한 자들이 즐비할 것이다. 이자는 그중 한 명일 것이다.

태무랑은 흑풍창기병 시절에 상관으로부터 자주 듣던 말이 있었다.

어둠 속에서 찔러오는 창은 피하지 못한다. 적을 밝은 곳으로 끌어내라. 그러나 그러지 못할 경우에는 도망쳐라. 그래야

무극백절(無極百絶) 95

만 살 수 있다. 라는 말이다.

지금 어둠 속에서 지켜보고 있는 자는 한 자루 창이다. 그가 어디에 있는지 간파하지 못한다면 태무랑으로서는 곤란을 겪게 될 것이다.

하지만 지금은 도망칠 단계가 아니다. 암중인(暗中人)을 밖으로 끌어내야 할 때다. 도망치는 것은 그다음에 해도 늦지 않다.

그는 궤짝을 가지러 갈대숲으로 내려가지 않고 강둑을 따라서 걷기 시작했다.

우선은 자신이 암중인의 존재를 알아냈다는 사실을 드러내지 말아야 한다.

그래야지만 암중인은 여태까지처럼 계속 행동할 것이다. 경계해서 더욱 깊이 숨어들면 찾아내기 어렵다.

태무랑은 걸어가면서 공력을 극한으로 끌어올려 청력을 최대한 돋우었다.

그러자 온갖 소리들이 양쪽 귀로 한꺼번에 쏟아져 들어왔다.

하지만 사람이라고 여길 만한 것은 하나도 없었다.

터럭만 한 인기척도 감지되지 않아서 누군가 감시하고 있는 것이 착각이라고 느껴질 정도다.

그러나 그는 반드시 암중인이 존재한다고 믿었다. 그리고 자신이 움직이면 암중인도 따라서 움직인다고 생각했다.

벽력질풍대가 몰려오지 않은 것은 암중인이 그들에게 연

락하지 않았거나 아니면 대기시켰기 때문일 것이다.

하지만 벽력질풍대는 감지되지 않았다. 그들이 이 근처에 없는 것만은 분명했다.

'오행지기로 해보자.'

문득 그런 생각이 들었다. 태무랑에게 있어서 오행지기는 무소불위의 능력을 지니고 있다.

아무리 불가능한 것처럼 여겨졌던 것들도 오행지기를 사용하면 가능했다.

그가 오행지기에 대해서 알고 있는 것은 은지화가 가르쳐 준 것이 전부다.

그것은 그가 오행지기를 활용할 수 있는 범위가 은지화의 가르침 한도 내에서 가능하다는 뜻이다.

그러나 다행스럽게도 은지화는 오행지기에 대해서 매우 폭넓은 지식을 갖고 있었고, 그것을 태무랑에게 알기 쉽도록 이해시켜 주었었다.

'인체는 오행지기로 이루어졌으나 그중에서도 토기와 수기가 압도적이다. 그렇다면……'

토기와 수기를 정확한 표적물 없이 허공 높은 곳으로 발출하여 자유롭게 놔두면 알아서 사람을 찾아갈 것이라는 생각이다.

그는 걸으면서 체내에서 토기와 수기를 일으키려다가 무슨 생각에선지 그만두었다.

체내에서 발출하는 것보다는 외부, 즉 자연 상태의 토기와 수기를 사용해야겠다는 생각이 퍼뜩 들었던 것이다. 아무래도 자신이 토기와 수기를 발출하면 암중인에게 들킬 염려가 있기 때문이다.

그가 다섯 걸음쯤 걸었을 때 그에게서 뒤쪽 오 장쯤 떨어진 땅에서 한 뼘 길이의 새카만 토기가 수직으로 기척없이 솟구쳐 올랐다.

그와 동시에 강가에서 멀지 않은 강에서도 투명한 한 뼘 길이의 수기가 수직으로 솟구쳤다.

지상에서 십여 장 높이로 솟아오른 토기와 수기는 지체없이 한쪽으로 방향을 꺾어 급전직하 쏘아 내렸다.

그 방향에 오행지기 그중에서도 토기와 수기로 이루어진 물체가 있다는 뜻이다.

그곳은 태무랑이 걸어가고 있는 강둑 전방 오 장쯤에서 왼쪽 숲으로 삼 장 정도 들어간 곳이다.

순간 태무랑은 추호의 기척도 내지 않고 그곳으로 신형을 날려 쏘아갔다.

도운강(都雲岡)은 강둑을 걷고 있는 적안혈귀 전방 오 장여 거리의 왼쪽 숲속에서 추호의 기척도 내지 않은 채 적안혈귀와 같은 속도로 전진하고 있었다.

무극신련 총본련에는 어떤 조직이나 지위에도 얽매지 않은 백 명의 고수들이 있다.

이름하여 무극백절(無極百絶)이라 부른다.

무극백절은 무극신련 총본련 내에서 가장 고강한 백인(百人)을 일컫는다.

그들 중 단 세 명을 제외한 구십칠 명은 총본련 내에서 어떤 조직에도 속해 있지 않으며 어떠한 지위도 갖고 있지 않다.

열외자(列外者) 세 명은 총련주와 그의 두 명의 제자인 단유천, 옥령이다.

단지 무극백절에게는 서열이 있을 뿐이다. 그들은 어디에도 속하지 않고 구애받지 않는 대신에 자신들 백 명 간의 서열만큼은 반석처럼 철저히 엄수하고 있다.

참고로 무극백절 일 위는 총련주이고, 단유천은 이십이 위. 옥령은 육십삼 위다.

그 정도라면 무극백절의 신위가 어느 정도인지 가히 짐작할 수 있으리라.

지금 적안혈귀를 노리고 있는 도운강은 무극백절 중에서 구십사 위의 인물이다.

보통 누군가를 미행하거나 감시하면 표적의 뒤에서 따라가는 법인데, 도운강은 특이하게 표적의 오 장 앞쪽에서 나아가고 있다.

그는 표적, 즉 적안혈귀에게 절대 들키지 않을 자신이 있지만, 만에 하나 기척을 감지당하더라도 상대에게 혼선을 일으키게 하기 위해서 앞쪽에서 가고 있는 것이다. 미행은 뒤쪽이라는 상식을 역으로 이용하는 고단수다.

도운강이 이동하고 있는 곳은 강둑 옆의 울창한 숲이라서 그의 모습을 완벽하게 가려주었다. 그러므로 그가 조심해야 하는 것은 기척만 내지 않으면 된다.

그러나 그것은 반대로 그가 있는 곳에서도 적안혈귀의 모습이 보이지 않고 오로지 그의 기척만을 감지해야 한다는 약점이 있다.

하지만 도운강 정도의 고수라면 굳이 눈으로 보지 않고 귀로만 들어도 상대의 움직임을 눈으로 보듯이 훤하게 알 수가 있다.

도운강은 지금쯤이 싸우기에 적당한 때라 여기고 적안혈귀 앞에 나가볼까 생각하고 있는 중이다.

적안혈귀에 대한 관찰은 끝났다. 그가 벽풍장의 무사들을 죽이는 솜씨도 잘 봤다.

도운강이 본 적안혈귀의 솜씨는 가히 일품이었다. 하잘것없는 무사들을 무자비하게 도륙하는 광경이었으나 하나를 보면 열을 알 수가 있다.

적안혈귀가 철검추풍대를 몰살시켰다는 사실은 결코 우연

이 아니었다. 충분히 그럴 만한 실력이 있었다.

하지만 그렇더라도 도운강은 적안혈귀를 십 초식 안에 제압할 수 있을 것이라고 확신했다.

예전에 도운강은 비무에서 철검추풍대주 좌승을 삼 초식 안에 제압한 전례가 있었다.

"……!"

그때 도운강은 가볍게 흠칫했다. 무엇인가 자신을 향해 쏘아오는 것을 감지한 것이다.

하지만 사람도 아니고 무기나 암기 같은 것도 아니다. 더구나 어디에서 쏘아오는 것인지도 알 수가 없다.

그러나 그는 두리번거리지 않고 그 대신 기를 온몸으로 발출했다.

청력으로 들을 수 없는 것은 기를 발출하여 몸 주위에 보이지 않는 무형의 막을 형성시킨다.

그래서 외부에서 쇄도하는 물체가 막을 건드리면 그 파장으로 방향을 알아내는 상승수법이다.

'위다!'

무엇인가 위쪽의 막을 뚫었다. 그는 위를 올려다보는 것과 동시에 전력으로 신형을 날려 그 자리를 피했다. 물체가 무엇인지 확인하고 피하는 것은 늦기 때문이다.

다음 순간 그는 머리 위에서 흑백의 두 줄기 빛살이 번갯불

같은 속도로 쏘아내리는 것을 발견했다.

그것이 무엇인지 생각할 겨를도 없다. 그가 위를 쳐다보는 것과 동시에 신형을 날렸는데도 불구하고 두 줄기 빛살은 지독하게도 빠르다. 어느새 머리 위 두어 자까지 쇄도하고 있었다.

퍼퍽!

흑백 두 줄기 빛살이 그의 콧등과 뺨을 스치고 내리꽂히더니 발 앞의 땅을 뚫었다.

도운강은 온몸에 식은땀이 흘렀다. 공포랄까 전율이랄까. 하여튼 이런 섬뜩한 기분은 생전 처음이다.

감시하고 있던 적안혈귀는 잠시 망각했다. 그의 머릿속은 방금 그 두 줄기 빛살의 잔상으로 꽉 찼다.

콰콰콰아아—

그 순간 그의 바로 전면에서 폭풍이 몰아쳐 왔다.

다급히 쳐다보자 적안혈귀가 상체를 앞으로 기울인 채 무시무시한 속도로 쏘아오고 있었다.

그 순간 도운강은 방금 두 줄기 빛살이 적안혈귀가 발출했다는 사실을 깨달았다.

스긍—

어느새 일 장 반까지 쇄도하고 있는 적안혈귀가 어깨의 염마도를 뽑아 그대로 그어왔다.

그 모습은 마치 도운강에게 한 덩이 번개를 내던지는 광경과 흡사했다.

 더구나 두 눈에서 시뻘건 혈광을 뿜어내는 적안혈귀의 모습은 바로 염마왕 그 자체였다.

 그어오는 염마도는 소름이 끼치도록 쾌속해서 도저히 피할 방법이 없다.

 도운강은 눈부신 속도로 어깨의 도를 뽑으면서 염마도를 마주쳐 나갔다.

 지금으로선 그 방법뿐이다. 자신의 도가 염마도와 격돌하면 어떤 결과가 나올지는 그다음 문제다.

 쩌껑―!

 그의 도가 휘몰아쳐 오는 적안혈귀의 염마도를 막았다. 아니, 거세게 충돌했다.

 그리고 그는 자신의 눈앞에서 도가 산산이 박살 나 흩어지는 것을 보았다.

 보통 도보다 몇 배나 강한 쇠로 만들었는데도 염마도 앞에서는 수수깡처럼 부서졌다.

 도와 염마도가 충돌한 반탄력에 도운강은 화살처럼 뒤로 퉁겨져 날아갔다.

 쏴아아―

 퉁겨나지 않았다면 도를 박살 내고 그대로 짓쳐온 염마도에 그의 몸이 절단됐을 것이다.

탁!

도운강은 오른손을 뻗어 옆의 나무를 잡아 한 바퀴 회전하면서 적안혈귀의 측면으로 쏘아갔다.

그에게 무기는 도 한 자루뿐이다. 무기를 사용하는 대부분의 무림인들이 그렇듯이 그에게도 도가 공격의 핵심이었다. 공격력의 절반 이상을 차지하기 때문이다.

그렇다고 공격할 방법이 전혀 없는 것이 아니다.

휘잉—

순간 도운강의 오른손 손바닥에서 소용돌이 같은 장풍이 뿜어졌다.

한 아름 굵기의 나무를 일장에 부러뜨리는 위력을 지닌 강맹한 장풍이다.

전방의 표적을 잃은 적안혈귀의 옆구리 허점이 고스란히 드러난 상태다.

염마도는 전방을 향해 그어가고 있는 중이므로 피하거나 반격할 수도 없을 터이다.

그때 적안혈귀가 혈광이 이글거리는 눈으로 힐끗 도운강을 쳐다보았다.

단지 눈빛만 마주쳤을 뿐인데 도운강은 움찔했다. 도저히 인간의 눈빛이라고 여겨지지 않았다.

그러나 상관없다. 놈이 옆구리에 일장을 적중당하면 죽지는 않더라도 치명상을 입을 것이다. 그럼 그것으로 끝이다.

그런데 도운강은 적안혈귀가 왼손을 내미는 것을 발견하고 흠칫했다.

적안혈귀의 손바닥이 펼쳐지면서 번뜩이는 금빛의 빛줄기가 폭사되었다.

도운강이나 그가 알고 있는 주위 사람들이 전개하는 그런 일반적인 장풍이 아니었다. 그는 본능적으로 맞부딪치면 안 된다고 직감했다.

후우—

그는 적안혈귀를 향해 짓쳐가다가 돌연 등실 위로 솟구치면서 적안혈귀의 머리를 겨냥하여 일장을 발출했다.

휘이잉!

적안혈귀는 여전히 왼쪽을 향해 왼손을 뻗어 금빛 빛줄기를 발출하고 있는 상황이므로 제대로 걸려들었다.

그런데 갑자기 적안혈귀가 기묘하게 몸을 비트는가 싶더니 도운강의 일장을 간단하게 피하면서 불쑥 위로 상승하는 것이 아닌가.

도저히 예상하지 못했던 반전이라 도운강이 허공중에서 움찔하는데 적안혈귀의 염마도가 번쩍 아래에서 위로 번갯불을 뿜어냈다.

키우우웅!

창룡의 울부짖음이 터지면서 염마도가 허공을 쪼개며 도운강의 목을 베어가는데 그 쾌속함이 실로 섬전을 방불케 할 정도로 쾌속했다.

그것이 적안혈귀가 대파산중에서 반년 동안 갈고닦은 염마도법 제일초식 쾌도난마라는 사실을 도운강이 알 리가 없다.

투앙—!

그런데 그때 어디선가 탱탱한 북을 힘껏 두드리는 듯한 이상한 소리가 들렸다.

그와 함께 도운강의 눈에 한줄기 흐릿한 기쁜 기색이 떠올랐다.

'홍탄(紅彈)!'

도운강은 적안혈귀를 잡으려는 것을 아무에게도 말하지 않고 무극신련 총본련을 나와 이곳에 왔는데, 그와 똑같은 생각을 한 사람이 더 있었다.

홍탄 역시 무극백절의 한 명이며 도운강보다 한 단계 위인 구십삼 위다.

적안혈귀를 도운강 혼자 제압하려던 계획은 이미 물 건너간 상황이다.

적안혈귀가 예상했던 것보다 훨씬 더 고강해서 도운강 혼자서는 절대로 제압할 수가 없다.

하지만 홍탄과 합공을 하면 절대적으로 가능하다. 적안혈귀를 제압한 공을 홍탄과 나눠야 하는 것이 아쉽지만, 지금은 홍탄의 출현이 너무도 반가웠다.

고오오—

염마도가 도운강의 어깨 반 자 거리에 이르렀을 때 적안혈귀의 등 뒤에서 매서운 겨울바람 소리가 흘렀다.

적안혈귀가 그대로 염마도를 그어가면 도운강의 왼쪽 어깨에서 오른쪽 어깨까지 절단할 수 있다.

하지만 그와 동시에 적안혈귀는 등 뒤에서 들려오는 정체 모를 물체에 적중되고 말 터이다.

도운강이 봤을 때 적안혈귀는 절대로 피하지 못한다. 고수든 하수든 공격할 때 허점이 가장 많이 드러난다. 그는 도운강을 공격하고 있는 중이므로 등 뒤쪽은 완전히 무방비상태로 노출되었다.

후욱!

그때 돌연 염마도가 도운강의 어깨에서 두 치 거리에 뚝 멈추는가 싶더니 적안혈귀의 몸이 벼락같이 위로 떠올랐다.

그것은 마치 하늘로 솟구치는 거대한 독수리의 발목을 잡고 비상하는 듯한 동작이다.

그는 전방으로 진행하는 상황에서 단지 염마도만 위로 휘둘렀는데, 어떻게 솟구치는 염마도에 갑자기 체중을 실어 솟구칠 수가 있다는 말인가.

그것이 바로 어검비행(馭劍飛行)과 비슷한 원리인 염마비행도라는 사실을 도운강이 알 리가 없다.

쩡!

적안혈귀가 떠오르자마자 그의 몸 아래로 새빨간 빛줄기 하나가 아슬아슬하게 스쳐 지나 한 그루 거목에 적중했다.

굵기가 어른 두 아름은 됨직한 나무에 꽂힌 것은 하나의 화살이었다.

보통 화살보다 절반 정도 더 길고 두 배 정도 굵으며, 화살대가 나무가 아닌 쇠로 만들어진 것이 다르다.

붉은 화살은 깃털 부위만 남겨놓은 채 거목에 깊숙이 박혔고, 화살촉이 한 뼘 정도 반대편으로 튀어나왔다.

투앙! 투앙!

그때 연이어 두 번의 발사음이 터졌다. 처음보다 많이 가까운 거리다. 누군가 방금 전 같은 새빨간 화살 두 발을 발사한 것이 분명하다.

염마도가 멈추고 적안혈귀가 상승하는 사이에 도운강은 빙글 몸을 뒤집어서 적안혈귀의 오른쪽 옆으로 하강하면서 벼락같이 일장을 뿜었다.

위잉!

순간 허공중에 멈춰 있던 염마도가 하강하는 도운강의 등을 향해 맹렬히 그어 내려졌다.

꽈드드등―!

염마도가 허공을 가르며 천둥소리를 터뜨렸다. 염마도법 제삼초식인 전뢰강파다.

도운강은 흠칫 놀랐으나 염마도보다는 자신의 일장이 더 빠르다고 확신했다.

칵!

"허윽!"

그러나 다음 순간 염마도가 자신의 등허리를 절단하자 도운강은 답답한 신음을 터뜨렸다.

싸움에서의 확신처럼 무의미한 것은 없다. 확신은 자신을 위로하는 하나의 수단일 뿐이다.

싸움이란 적을 죽이는 것이 목적이고, 죽이거나 죽어야 하는 엄중한 상황에서 어찌 확신 따위가 필요하겠는가.

도운강의 실수라면 부질없는 확신을 했다는 것과 염마도법이 얼마나 빠른지 몰랐다는 사실이다.

염마도법이 무극신련 총본련 내에서도 단유천과 옥령 등 극소수만 익힐 수 있는 몇 가지 검법에서 장점만을 발췌하여 창안한 극쾌도법이라는 사실을 알았더라면, 도운강은 그처럼 허망한 확신은 하지 않았을 것이다.

염마도가 도운강의 등허리를 절단하는 감촉이 손을 타고 전해지자 태무랑은 짜릿한 전율을 느꼈다.

그런 전율은 그 자신도 예상하지 못했던 일이다. 아마도 강적을 베었을 때 찾아드는 통쾌함인 듯했다.

고오오—

그 순간 태무랑의 오른쪽과 등 뒤에서 화살이 지척까지 쇄도하는 날카로운 파공음이 울렸다.

그는 여전히 허공에 떠 있는 상황에서 지체없이 파공음이 들려온 방향으로 염마도를 떨쳤다. 화살을 보지도 않고 소리만 듣고 반응한 것이다.

키우웅—

염마도의 속도는 반년 전 대파산에 입산하기 전보다 무려 두 배 이상 빨라졌다. 만약 전력을 다한다면 세 배 가까이 빠를 터이다.

예전에 사용하던 염마도가 아니기 때문이고, 반년 동안 피나는 연마를 한 덕분이다.

쩌쩡!

염마도에 묵직한 충격이 전해졌다. 가느다란 화살 두 자루일 뿐인데 염마도가 찌르르 울렸고 태무랑의 오른팔도 가늘게 떨렸다.

핑!

그런데 그중 화살 하나가 쏜살같이 태무랑의 얼굴로 쏘아 왔다.

두 번째 화살이다. 첫 번째 화살을 쳐내느라 속도와 위력이 약간 떨어진 염마도가 두 번째 화살을 완전히 퉁겨내지 못한 탓이다.

팍!

태무량이 재빨리 고개를 젖혔으나 화살은 목에 꽂혔다. 아니, 얼마나 강력한지 목을 뚫고 지나가 버렸다.

쿵!

그도 인간인지라 화살이 목을 관통한 충격에 묵직하게 두 발로 땅을 딛고 내려서며 약간 비틀거렸다.

투앙!

그때 전면에서 화살을 발사하는 음향이 다시 한 번 터졌다.

그런데 뜻밖에도 십여 장 전면에서 태무량을 향해 화살 한 대를 쏘고 곧장 달려오고 있는 사람은 아래위 홍의경장을 입은 이십칠팔 세 정도의 아리따운 여자다.

그 여자가 바로 무극백절 구십삼 위인 홍탄이다.

그녀는 왼손에 붉은활을 쥐었고, 왼쪽 어깨에는 화살집을, 오른쪽 어깨에는 검을 멘 모습이다.

화살에 목을 관통당한 태무량은 비틀거리며 우두커니 서 있다가 두 번째 화살을 왼쪽 가슴 심장에 맞았다.

콱!

새빨간 화살은 깃털만 남기고 심장 속을 파고들어 가 등 뒤로 세 뼘이나 빠져 나왔다.

창!

전방에서 쏘아오고 있는 홍탄은 십여 장 거리를 발끝으로 땅을 두 번만 살짝 딛고는 순식간에 일 장 전면까지 좁혀왔다. 그러면서 어깨의 검을 뽑는 것과 동시에 곧장 태무랑의 정수리를 향해 그어 내렸다.

쐐액!

그보다 촌각 정도 늦게 우뚝 서 있던 태무랑이 오른쪽에서 왼쪽으로 홍탄을 향해 염마도를 수평으로 그었다.

키우웅!

순간 홍탄의 얼굴에 움찔 놀라움이 떠올랐다. 목과 심장에 화살을 맞은 자가 끄떡없이 공격을 해오는 것을 보고 놀라지 않을 사람은 없을 것이다.

이대로 가면 그녀의 검이 태무랑의 정수리를 쪼개겠지만, 그녀 자신도 염마도에 허리가 뭉텅 잘려 나갈 것이다.

째앵!

홍의녀는 태무랑의 정수리를 내리긋던 검의 방향을 슬쩍 바꿔 염마도를 가볍게 때렸다.

그리고는 그 반탄력을 빌어서 상체를 뒤로 젖히면서 훌쩍 위로 솟구쳐 올랐다.

그 광경은 마치 한 마리 나비처럼 날렵하고도 가벼운 번신

술(翻身術)이었다.

 순식간에 태무랑의 머리 위 일 장 높이로 치솟고 있는 홍의녀는 두 손이 보이지 않을 정도로 날렵하게 움직여서 검을 어깨의 검실에 꽂고 화살을 뽑아 활에 먹였다.

 투우…….

 그러나 그녀가 태무랑의 정수리를 겨누고 활시위를 당기려고 할 때 그녀의 양쪽에서 이상한 소리가 흘러나왔다.

 흠칫 놀라 급히 좌우를 둘러보던 그녀의 얼굴이 경악으로 물들었다. 그녀의 시선은 두 번째로 쳐다본 오른쪽을 향해 있었다.

 쑤우우…….

 그녀에게서 일 장 남짓 거리의 가장 가까운 한 그루 나무의 나뭇가지가 푸스스 재로 화하면서 그곳에서 녹색의 기운이 그녀를 향해 빠른 속도로 쏘아오고 있었다. 그것은 오행지기의 목기다.

 그녀가 보고 있는 곳은 오른쪽이지만, 왼쪽에서도 똑같은 상황이 벌어지고 있었다.

 "이게 무슨 말도 되지 않는……."

 퍼펙!

 귀신에 홀린 듯한 표정을 짓던 그녀의 왼쪽 옆구리와 오른쪽 어깨를 두 줄기 녹색 기운이 관통했다.

쿵!

하늘을 향해 누운 자세로 홍의녀는 태무랑 앞에 둔탁하게 떨어졌다.

두 줄기 목기를 옆구리에서 맞은편 옆구리로, 어깨에서 맞은편 어깨로 관통당한 그녀는 몸속의 장기들이 다 터져서 숨도 못 쉬고 껵껵거리면서 눈을 껌뻑거리며 태무랑을 올려다 보았다.

"끄으으… 너… 괴물……."

태무랑은 왼손을 등 뒤로 돌려서 심장에 꽂힌 화살을 잡고 아무렇지도 않게 쑥 뽑아서 버렸다.

쿡!

이어서 그는 왼발로 홍탄의 가슴을 밟고 염마도를 들어 그녀의 목을 잘랐다.

드극.

그녀가 누구냐고도, 또 왜 나를 죽이려고 했는지도 묻지 않았다.

목이 잘라지면서 홍의녀는 태무랑의 목이 말짱한 것을 마지막으로 보았다.

第四十一章
불행의 궁극(窮極)

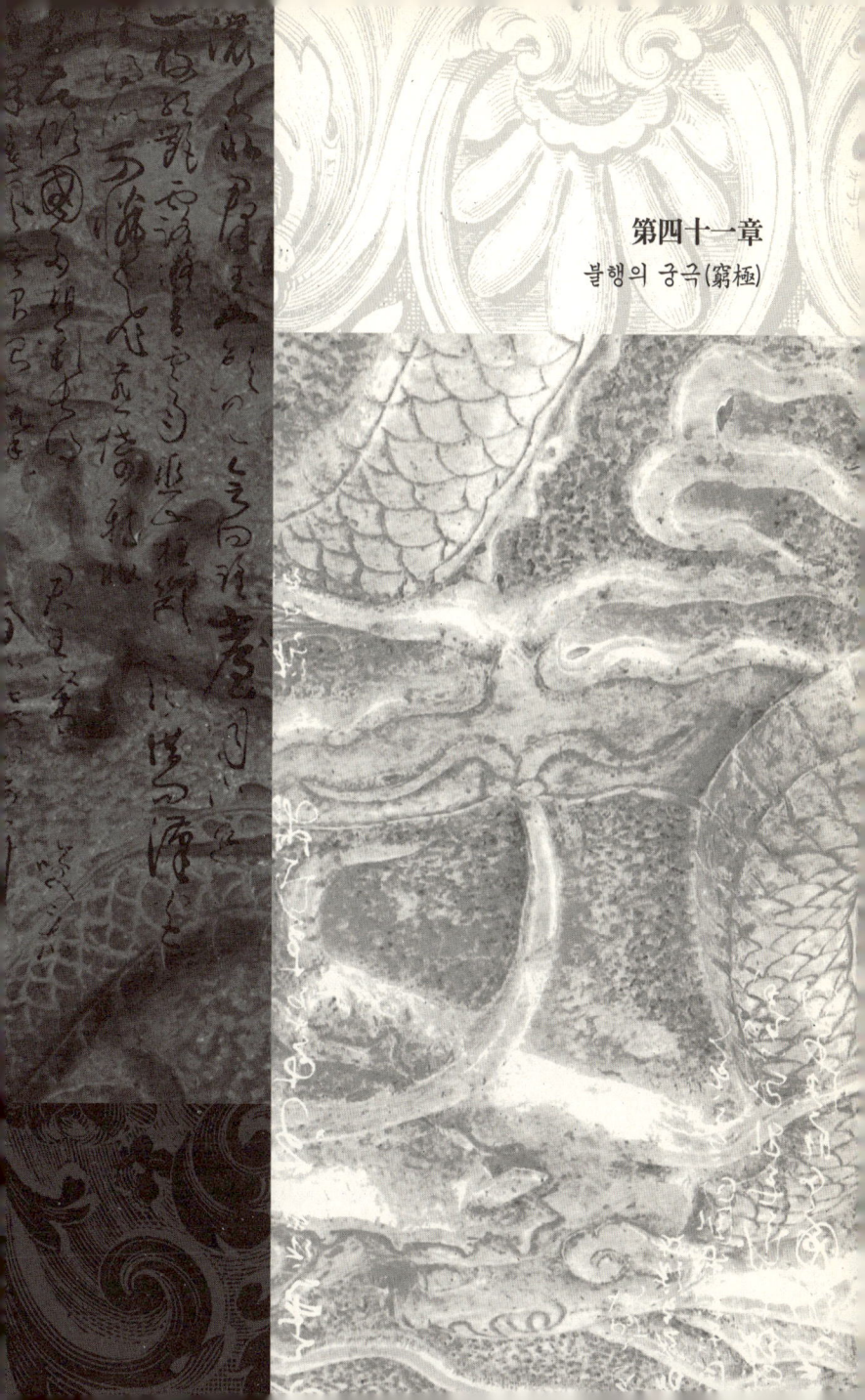

"맙소사……."

신풍개는 이가 시린 듯한 신음을 흘렸다.

그는 바닥에 나란히 놓여 있는 두 개의 수급을 허리를 잔뜩 굽힌 자세로 굽어보다가 그 자리에 털썩 주저앉았다.

두 개의 수급은 도운강과 홍탄의 것으로 태무랑이 잘라서 금오로 돌아왔다.

그뿐 아니라 그는 벽풍장에서 찾아낸 일곱 개의 돈 궤짝도 모두 가지고 와서 갑판 아래 선창에 넣어두었다.

금원보와 은자를 모두 합쳐서 은자로 치면 구백만 냥 정도의 액수였다.

 금오 밖에는 아직 동이 트기 전인데 고구려 여인들은 벌써 아침 식사를 준비 중이고, 금오는 여전히 동릉 포구에 정박해 있었다.

 "휴우… 태 형. 자네 이들이 누군지 알고 죽인 겐가?"

 말문이 막혀서 한참 동안이나 수급만 쳐다보며 눈을 껌뻑거리던 신풍개가 퍼질러 앉은 채 손가락으로 두 개의 수급을 가리켰다.

 태무랑은 선실 안 창가에 놓인 탁자 앞에 앉아서 차를 마시며 묵묵히 창밖을 바라보고 있다.

 "끙. 자넨 나를 놀래키는 것이 취미로군."

 신풍개는 노인네처럼 앓는 소리를 하며 일어나 태무랑 맞은편에 앉고 나서 그를 쳐다보았다.

 "내 눈이 틀리지 않았다면 저 둘은 무극백절 중에 홍탄과 도운강일세."

 이어서 그는 무극백절에 대해서 자세히 설명했다.

 그의 설명을 듣고 난 태무랑은 마음이 무거워졌다. 자신이 무극백절의 하급인 구십삼 위와 구십사 위를 손쉽게 죽이지 못했다는 사실 때문이었다.

 구십삼 위와 구십사 위가 그 정도인데 위로 올라가면 얼마나 더 강하겠는가.

슥—

 문득 태무랑은 두 개의 수급을 보자기에 싸더니 아무 말도 하지 않고 밖으로 나갔다.

*   *   *

 동릉현 내의 어느 객잔.
 객방 안에는 세 사람이 모여 있다. 수월화 주령과 우경도, 우란이다.
 우경도는 태무랑을 찾으러 동릉현 내를 헤매다가 한쪽 어깨와 가슴이 피투성이인 채로 달려오고 있는 수월화를 발견했었다.
 수월화는 우경도를 데리고 우란이 있는 객잔으로 돌아왔으며, 두 사람은 자신들이 겪은 일들을 얘기하는 과정에서 몇 가지 놀라운 사실을 알게 되었다.
 첫째는 죽어가는 수월화를 살려주고, 또 감금되어 있는 우경도를 구해준 인물이 동일 인물이며 적안혈귀라는 사실이다.
 둘째는 기화연당에 매복해 있던 고수들이 무극신련 총본련의 벽력질풍대라는 것.
 셋째는 수월화와 우경도 두 사람 다 적안혈귀를 찾고 있다는 것 등이다.

수월화와 우경도는 탁자에 마주 앉아 있는데, 우란은 수월화 옆에 찰싹 붙어 앉아 있었다.

원래 우란은 언니 우미와 모친, 세 사람이 사천성에서 함께 살고 있었다.

아버지 우경도는 사천성에서 사천여 리나 멀리 떨어진 하북성의 어느 방파에서 총관으로 있으면서 일 년에 겨우 한 번 정도 집에 찾아와 열흘 남짓 가족과 함께 지내는 것이 전부였다.

그러므로 우란과 우미는 아버지하고는 별다른 애틋한 정이 없는 사이다.

그러던 차에 모친이 덜컥 병에 걸려서 죽었고, 그 와중에 큰딸 우미가 실종되는 사건이 일어났다.

소식을 듣고 집으로 달려온 우경도는 우란을 데리고 큰딸 우미를 찾아 길을 나섰다.

이후 사천성에서 호남성 악양까지 오는 서너 달 동안 우미가 화뢰가 되어 어느 기화연당으로 끌려갔다는 사실을 알게 되었다.

우란은 서너 달 동안 아버지와 함께 숙식을 했으나 우경도가 워낙 과묵한 성격이라 그다지 친해지지 못했다.

그러던 차에 그녀 앞에 수월화가 나타났으니 모친과 언니의 정이 너무나도 그리웠던 우란은 친절한 수월화에게 흠뻑 빠져 버린 것이다.

그때 우경도가 벌떡 일어나 문으로 걸어가자 수월화가 가볍게 놀라서 따라 일어나며 물었다.

"어딜 가시는 건가요?"

"적안혈귀를 찾아야겠소."

수월화는 희고 섬세한 손가락 하나를 세웠다.

"당신은 우선 그 호칭부터 고쳐야겠어요."

"무슨 말이오?"

"소녀는 그에 대해서 잘 모르지만 한 가지는 알고 있어요. 그를 적대시하는 자들은 적안혈귀라 부르고, 그를 영웅이라고 생각하는 사람들은 무적신룡이라고 부른다는 사실이에요. 그렇다면 당신은 그를 뭐라고 불러야 할까요?"

우경도는 고개를 끄덕였다.

"나도 적안혈귀라는 별호는 마음에 들지 않았소."

수월화는 조금 어이없다는 표정을 지었다.

"그리고 당신이 무적신룡을 찾으러 나가면 소녀는 여기에서 난이와 함께 당신을 기다리고 있으라는 건가요?"

"……."

"소녀가 당신의 뭐라고 생각하나요? 소녀는 당신 딸도 아니고 부인도 아니에요."

우경도는 씁쓸한 표정으로 가볍게 고개를 숙였다.

"미안하오."

불행의 궁극(窮極)

수월화는 자신의 손을 꼭 잡고 있는 우란에게 온화하게 미소를 지었다.

"난아, 언니는 가야 하니까 다음에 또 만나자꾸나."

"언제 어디서요?"

까만 눈동자로 말끄러미 바라보며 묻는 우란을 보면서 수월화는 말문이 막혔다.

그냥 인사치레로 한 말인데 우란은 그 말을 진심으로 알아들었기 때문이다.

우경도가 엄한 얼굴로 가볍게 우란을 꾸짖었다.

"난아. 주 낭자는 우리에게 은혜를 베푼 분이거늘, 그녀를 곤란하게 해서는 안 된다."

"아버지면 좀 더 아버지답게 난이를 자상하게 대하세요."

그러자 이번에는 수월화가 우경도를 꾸짖었다.

우경도는 가볍게 얼굴을 붉히며 머리를 긁적였다. 예전의 그는 이백여 명이나 되는 수하를 거느린 총관으로서, 일 년 만에 한 번 집에 오면 아내와 두 딸에게 겨우 한두 마디만 할 뿐 과묵함과 싸늘함으로 일관했었다.

그런 그가 수월화의 꾸짖음에 대꾸도 하지 못할뿐더러 부끄러움으로 얼굴까지 붉히고 있다.

수월화는 잠시 뭔가 생각하다가 눈을 빛내며 우경도에게 물었다.

"행선지가 어딘가요?"

"남경이오."

수월화는 가볍게 놀라는 표정을 지었다.

"남경에 기화연당이 있나요?"

우경도는 고개를 끄덕였다.

"내가 알기로는 그렇소. 강남땅에 한 군데가 더 있다고 하는데 어딘지는 모르겠소."

수월화는 키가 자신의 어깨쯤에 차는 우란의 머리를 부드럽게 쓰다듬었다.

"그렇다면 소녀와 함께 가요. 제 목적지도 남경이에요. 그곳이 집이거든요."

"언니!"

우란은 기뻐서 수월화에게 매달리며 팔짝팔짝 뛰었다.

우경도가 어색한 얼굴로 물었다.

"주 낭자에겐 동행이 있는 것으로 아오만……."

형주에서 악양으로 오는 배에서 수월화와 함께 있었던 두 청년과 한 명의 소녀를 말하는 것이다.

"그들은 신경 쓰지 않아도 괜찮아요."

사실 수월화와 그들은 남경에서 알게 된 사이다. 수월화와 또 한 소녀는 남경에 있는 태극문(太極門)의 제자다.

그리고 두 청년은 역시 남경에 적을 두고 있는 다른 문파의 제자들인데, 네 명이 함께 무산삼협에 유람을 갔다가 돌아오는 길이다.

"언니! 저기 보세요!"

수월화와 우경도 부녀는 포구에 배를 타러 나왔는데, 갑자기 우란이 한쪽을 가리키며 반갑게 외쳤다.

우란이 가리킨 방향을 쳐다보던 수월화와 우경도는 만면에 기쁜 표정을 떠올렸다.

그곳에는 그토록 찾으려고 애를 썼던 태무랑이 포구에 정박해 있는 어떤 배로 타려 하고 있었다.

"아저… 읍!"

우란이 소리쳐 부르는 것을 우경도가 급히 입을 막고 조심스럽게 주위를 둘러보았다.

이른 아침이지만 포구는 많은 사람들로 부산했다. 하지만 이쪽에 관심을 갖는 사람은 없었다.

그때 배에 탄 태무랑이 수월화 일행의 말을 들었는지 이쪽을 힐끗 쳐다보고는 관심없다는 듯 그대로 배에 올라 곧 선실로 들어가 버렸다.

하지만 수월화 일행은 즉시 태무랑이 탄 배로 달려갔다.

배 금오는 출항 준비를 하고 있었다. 연풍의 지시로 고구려 사내들이 포구에 연결되어 있는 밧줄을 풀고 기다란 장대로 배를 포구에서 밀어내려고 했다.

"그를 만나고 싶소."

우경도가 장대를 쥔 고구려 사내 울금(鬱金)에게 초조하게 말했다.

"그라니, 누구 말이오?"

"무적신룡 말이오."

"그런 사람 없소."

턱!

울금은 딱 잘라 말하고 장대로 포구의 단단한 돌을 힘껏 밀어 배를 포구에서 떼어놓았다.

구우우―

배가 포구에서 느릿하게 멀어지기 시작하자 수월화 등은 다급해졌다.

"이것 보시오. 내 말 좀 들어보시오."

우경도는 초조하게 손을 뻗으며 울금을 불렀으나 그는 들은 체도 하지 않았다.

탓!

그때 수월화가 포구를 박차고 배를 향해 신형을 날렸다.

그걸 보고 우경도는 앞뒤 생각할 겨를도 없이 우란을 안고 신형을 날렸다.

처척!

그들이 배 갑판에 내려서자 울금을 비롯한 고구려 사내 세 명이 우르르 다가들었다.

그때 선실에서 연지가 나오더니 해맑은 목소리로 노래하듯이 말했다.

"무랑가께서 그분들을 들어오시라고 말씀하셨어요."

모르는 것이 없는 신풍개지만 수월화를 보고는 그녀가 강남삼미의 한 사람이라는 것만 알았지, 무령왕의 금지옥엽이라는 사실까지는 몰랐다.

또한 신풍개는 우경도에 대해서는 아무것도 몰랐다. 우경도가 별로 유명하지 않기 때문이다.

신풍개가 의자에서 일어나며 수월화에게 자리를 권하려고 하는데 태무랑이 중얼거리듯이 물었다.

"내게 볼일이 있느냐?"

"그렇소."

"있어요."

우경도와 수월화가 동시에 대답했다.

"말해봐라."

우경도는 수월화를 쳐다보았다. 그녀부터 말하라는 뜻이다.

수월화는 단도직입적으로 물었다.

"당신은 목적지가 어딘가요?"

"항주."

수월화와 우경도의 표정이 밝아졌다.

"이 배로 가나요?"

태무랑은 대답하지 않았고 연지가 따라주는 차를 마시기 시작했으나 두 사람은 그의 침묵을 '그렇다'는 뜻으로 받아들였다.

"소녀도 이 배로 함께 가고 싶어요."

"불초도 같이 가고 싶소."

수월화의 말에 우경도도 질세라 급히 말했다.

태무랑이 찻잔을 내려놓으며 막 입을 열려고 하는데 신풍개가 누런 이빨을 드러내고 웃으면서 수월화에게 다가서며 문을 가리켰다.

"가시죠, 수월화 소저. 묵으실 방을 안내해 드리겠소."

수월화와 우경도는 태무랑이 슬쩍 미간을 좁히는 것을 발견했지만, 신풍개는 개의치 않고 연신 호방하게 웃으면서 일행을 밖으로 이끌었다.

수월화 등은 신풍개를 따라 갑판으로 나왔다.

"고마워요."

수월화는 신풍개를 따라가면서 고마움을 표했다.

그녀는 태무랑이 거절을 할까 봐 조마조마했었는데 신풍

개의 기지로 위기를 넘긴 것이 못내 고마웠다.

신풍개가 걸음을 멈추고 돌아서며 고개를 갸웃거렸다.

"그런데 강남삼미의 수월화 소저께서 어떻게 태 형을 알게 됐는지 궁금하오."

"태 형이란……?"

신풍개는 턱으로 방금 나온 선실을 가리켰다.

"저 친구 이름이 태무랑이오. 태 형을 잘 아는 것 같던데 이름도 몰랐소?"

수월화는 적안혈귀에 대해서 거의 모르지만 반면에 신풍개는 매우 잘 알고 있다. 이름은 물론이고, 그가 과거 흑풍창기병이었다는 것과 서북군중녕위소를 쑥대밭으로 만든 사실까지도 알고 있었다.

고구려 사내들은 노를 저어 금오가 포구를 벗어나자 돛을 펼치느라 분주했다.

"어?"

그때 신풍개가 포구 쪽을 보다가 깜짝 놀랐다.

그가 쳐다보는 곳은 포구 거리가 끝나고 현의 대로가 시작되는 지점인데 그곳에 두 개의 높은 장대가 세워져 있고, 장대 꼭대기에는 두 개의 수급이 꽂혀 있었다.

그는 두 개의 수급이 무극백절의 홍탄과 도운강이라는 것을 한눈에 알아보았다.

아까 태무랑이 두 개의 수급을 들고 어디로 갔나 했더니 동릉 사람들 다 보라고 높은 장대 꼭대기에 매달아놓고 온 것이다.

장대 주위로 사람들이 꾸역꾸역 몰려들고 있었다. 머지않아서 무극신련이나 금붕보 수하들 눈에도 띌 것이다.

태무랑은 무창에서도 송무평과 구건후의 수급을 장대 꼭대기에 매달아서 무극신련 총본련이 정면으로 마주 보이는 강가에 꽂아놓았었다.

신풍개가 보기에 태무랑의 이런 행동은 무극신련에 대한 작은 복수인 동시에 경고인 듯했다.

언젠가는 단유천과 옥령도 이런 꼴로 만들어주겠다는 태무랑의 결심의 표출인 것이다.

"저게 누군가요?"

수월화는 놀라는 표정으로 수급을 보며 물었다.

신풍개는 팔짱을 끼고 빙글빙글 미소 지었다.

"무극백절이라고 아시오?"

"알아요. 무극신련 총본련에서 가장 고강한 백 명을 가리키는 게 아닌가요?"

"저들은 그들 중에 구십삼 위 홍탄과 구십사 위 도운강이라고 하오."

수월화는 크게 놀라고 우경도는 안색이 흠칫 변했다.

불행의 궁극(窮極) 129

"대체 누가 저런 짓을······."

"과연 누구겠소?"

신풍개의 말이 묘해서 수월화는 그가 내막을 알고 있다고 짐작했다.

"누군가요?"

신풍개는 대답하지 않고 태무랑이 있는 선실을 쳐다보며 히죽 웃었다.

그 웃음의 의미를 깨달은 수월화는 크게 놀라서 눈을 동그랗게 뜨고 선실을 바라보았다.

"그가 왜 무극백절을······."

그러나 우경도는 정파의 대들보인 무극신련의 무극백절 중에 두 명을 태무랑이 죽였다면 마땅히 그럴 만한 이유가 있을 것이라고 생각했다. 그 정도로, 아니, 그 이상으로 우경도는 태무랑을 신뢰하고 있다.

항해는 순조로웠다.

두 개의 큰 돛을 활짝 펼친 금오는 장강의 잔잔한 물살을 가르면서 빠르게 동쪽으로 나아갔다.

며칠이 지나기도 전에 금오에 타고 있는 사람들은 한 가족처럼 친해졌다.

수월화와 우경도가 태무랑의 손님이라는 사실을 알게 된

고구려 사람들은 그들을 성심을 다해서 대접했다.

수월화는 원래 천성이 온순하고 다정해서 고구려 사람 모두와 친하게 지냈다.

열세 살 연지와 한 살 어린 우란은 또래가 자신들뿐이라서 그런지 순식간에 친해져서 마치 친자매처럼 언제나 붙어 다녔다.

조숙해서 체격이 숙녀나 다름이 없는 연지는 생각도 깊어서 조그만 체구에 연약한 우란을 큰언니처럼 잘 보살폈다.

그러나 단 한 사람, 태무랑만은 선실 이층 자신의 방에서 거의 나오지 않았으며 사람들하고 어울리지도 않았다.

수월화와 우경도는 태무랑에게 구명지은을 입었다. 그런데도 태무랑은 두 사람에게 고맙다는 인사라도 할 수 있는 기회조차 주지 않았다.

그는 아예 두 사람이 이 배에 타고 있다는 사실조차 모르고 있는 듯했다.

두 사람이 태무랑하고 남경까지 함께 가려고 했던 이유는 굳게 닫힌 태무랑의 방을 멀뚱히 쳐다보기만 하려는 것이 아니었다.

그렇다고 수월화나 우경도가 태무랑의 방을 불쑥 열고 들어갈 수는 없다. 그러기에는 태무랑은 여전히 무척이나 어려운 존재다.

태무랑의 방에 무시로 드나들 수 있는 사람은 신풍개와 연지뿐이다.

신풍개는 하루에 대여섯 차례 이상 태무랑의 방에 들락거렸으며, 그 외의 시간에는 수월화 주위에서 맴돌았다. 필경 신풍개는 수월화를 좋아하는 듯했다.

수월화에게 끊임없이 말을 걸거나 우스갯소리를 하고 그녀가 배 여행에 조금이라도 불편할까 봐 노심초사 온 신경을 쏟으며 그녀의 시중을 들었다.

그 덕분에 수월화와 우경도는 자신들이 모르고 있던 여러 가지 사실들을 알게 되었다.

기화연당의 배후에는 무극신련이 버티고 있다는 것.

무극신련이 암중으로 대대적인 돈벌이를 시작하면서 철화빙선의 상권을 잠식 혹은 침입하여 그로 인해서 무림대전이 벌어졌다는 것.

그리고 수월화와 우경도의 관심을 가장 많이 끈 태무랑의 신세에 대한 내용이다.

흑풍창기병이었던 태무랑이 무극신련 총본련으로 끌려가 감금당한 상황에서 반년 동안이나 단유천과 옥령, 단금맹우들에게 짐승 이하의 취급을 당하며 며칠에 한 번씩 죽도록 두들겨 맞았다는 사실을 알고는 수월화와 우경도는 한동안 주체할 수 없는 분노에 치를 떨었다.

그리고 태무랑이 극적으로 탈출하여 고향으로 돌아갔을 때에는 어머니와 남동생은 태무랑을 기다리다가 굶어 죽었고, 누이동생은 화뢰로 팔려갔다는 말을 듣고는 수월화는 반나절 내내 울음을 그치지 못했고, 과묵한 우경도마저 굵은 눈물을 뚝뚝 흘리면서 이를 갈았다.

 수월화와 우경도는 비로소 태무랑을 마음 깊이 이해하게 되었고, 그에게 더할 수 없는 연민을 느꼈다.

 구중궁궐에서 무엇 하나 부러울 것 없는 호사를 누리며 살아온 수월화의 충격은 이루 말할 수 없을 정도였다.

 인간이 그렇게도 척박하고 궁핍하게 살아갈 수 있으며, 그토록 험난한 고행을 겪을 수도 있다는 사실이 그녀는 쉽사리 믿어지지 않았다.

 행복은 끝이 있으나 불행은 끝이 없고 또한 그 높이와 깊이가 천차만별이라고 했다.

 우경도는 자신의 불행은 태무랑에게 비하면 아무것도 아니라는 생각이 들었다.

 가족을 먹여 살리기 위해서 겨우 열여섯 살에 군사가 되어 지금까지 허위허위 짐승처럼 살아온 그는 단 하루도 자신을 위해서는 살아본 적이 없는 듯했다.

 수월화와 우경도는 태무랑에게서 불행의 궁극(窮極)을 발견했다.

* * *

 번성 동남쪽 대홍산의 어느 계곡에 두 여자가 도착했다.
 그녀들은 옥령과 천자필사다.
 이 계곡은 반년 전에 태무랑과 철검추풍대가 최후의 결전을 벌였던 곳이다.
 옥령은 계곡의 어느 한 장소에 서서 주위를 둘러보며 적이 놀라는 표정을 지었다.
 그곳은 계곡의 여느 풍경하고는 사뭇 달랐다. 옥령이 서 있는 곳을 중심으로 반경 오 장 이내는 기이하게도 풀 한 포기 자라지 않았고 그 흔한 벌레 한 마리 보이지 않았다.
 땅은 회백색으로 추호의 생기라곤 없으며, 여기저기 수십 군데에 모래 더미와 잿더미가 수북하게 쌓여 있었다. 마치 그곳만 죽음의 땅, 사지(死地) 같았다.
 그로부터 옥령은 한 시진 이상 그곳 오 장여 일대를 꼼꼼하게 살피고 다닌 후에 허리를 펴고 마침내 결론을 내렸다.
 "오행지기야."
 그녀의 표정이 심각해졌다.
 "이제 보니 태무랑 그놈이 오행지기를 마음대로 다루는 경지에 이른 게 분명해."

그녀는 사지를 찬찬히 둘러보며 입술을 꼭 깨물었다.

"그놈에게 먹인 온갖 약재와 그놈의 몸을 정화시킨 희대의 영액(靈液)들이 고스란히 그놈 좋은 일만 시켰어."

그녀는 무극신련 총본련을 떠나기 전에 금강불괴지신계획을 총괄하는 삼장로로부터 지난날 태무랑에게 사용했던 약재와 액체들의 목록을 받아서 자세히 읽었으며, 실험 당시의 과정에 대해서 상세한 설명을 들었었다.

그러므로 그녀는 이곳의 상황을 살펴본 결과 태무랑이 오행지기를 마음대로 운용할 수 있는 경지에 이르렀다는 결론을 내린 것이다.

"개에게 시험을 했더니 개가 주인을 물고 우리를 뛰쳐나가 사람 행세를 하고 있군. 죽일 놈."

천자필사는 옥령으로부터 일 장 떨어진 곳에 우뚝 서 있을 뿐 한마디도 하지 않았고 얼음처럼 차가운 표정으로만 일관했다.

그녀는 무극백절의 십이 위에 올라 있다. 육십삼 위 옥령보다 훨씬 높은 서열이지만, 옥령은 총련주의 제자로서 부동의 제삼인자다.

"가자."

옥령은 짧게 말하고 계곡 입구로 쏘아갔다.

번성현 내의 어느 고급스러운 주루 앞에 한 대의 사두마차가 대기하고 있다.

주루의 이층 창가 자리에는 옥령과 천자필사가 마주 앉아서 식사를 하고 있다.

옥령이 아무에게도 방해를 받지 않고 조용히 식사를 하기 위해서 주루에 있던 모든 손님들을 다 쫓아냈으며 손님도 받지 않았다.

옥령은 식사를 하면서도 골똘히 생각에 잠겨 있었다. 그녀의 머릿속에는 태무랑과 그에 관련된 내용으로 가득 차 있는 상태다.

얼마 전까지만 해도 그녀는 매사에 의욕이 없고 시름시름 앓았으나, 요즘은 활기에 넘쳐 있다.

태무랑이 살아 있다는 사실을 알았기 때문이다. 그를 자신의 손으로 제압하여 가장 잔인한 방법으로 복수를 하는 것만이 지금 그녀의 유일한 목적이고 희망이다.

태무랑으로부터 금강불괴지신의 비밀을 풀어내는 것은 그 다음 일이다.

"소저."

그때 한 명의 고수가 다가와 옥령에게 공손히 한 통의 서찰을 바쳤다.

단유천과 옥령은 개인적으로 최고 수준의 호위대(護衛隊)

를 거느리고 있다.

그들은 무극신련에서 엄선된 고수들로서 백 명으로 이루어져 있으며, 단유천과 옥령이 매일 혹독한 수련을 시켜서 대단한 경지에 오른 고수들이다.

단유천과 옥령의 호위대는 자신들의 별호를 따서 단유천은 천풍대(天風隊), 옥령은 천옥대(天玉隊)라고 부른다.

천풍대와 천옥대, 즉 쌍천대(雙天隊)는 한시도 단유천과 옥령 곁을 떠나지 않는다. 물론 이번에도 천옥대는 옥령을 그림자처럼 따르고 있다.

방금 옥령에게 서찰을 바친 고수는 천옥대의 대주인 화담(華曇)이라는 인물이다.

서찰을 읽고 난 옥령의 눈매가 샐쭉하게 변했다.

"흐흥! 태무랑 이놈이 동릉에 나타났다는군."

그녀가 방금 읽은 서찰에는 안휘성 동릉에서 태무랑이 행한 일들이 상세하게 적혀 있었다.

슥—

"천자, 태무랑이 홍탄과 도운강을 죽여서 수급을 장대 꼭대기에 효시했다는구나."

옥령은 서찰을 천자필사에게 내밀면서 차가운 미소를 지으며 입술을 삐죽거렸다.

그녀는 며칠 전에도 한 통의 서찰을 받았었다. 거기에는 단금맹우의 두 명인 송무평과 구건후가 무창에서 적안혈귀에게 살해되어 수급이 장대 꼭대기에 매달렸다는 내용이 적혀 있었다.

"음······."

문득 옥령은 가볍게 미간을 좁히면서 손으로 아랫배를 지그시 눌렀다.

옥문 안쪽 깊숙한 곳, 즉 자궁이 찌르르했다. 통증 같기도 하고 날카롭고도 굵은 것으로 옥문을 깊숙이 마구 휘젓는 것 같기도 한 기이한 느낌이다.

옥령은 아직 사내를 모르는 순결한 몸이지만, 그것이 사내하고 관계를 할 때의 기분일 것이라고 생각했다.

태무랑에게 사타구니, 아니, 옥문을 심하게 걷어챈 다음부터, 지난 일 년 가까운 세월 동안 시도 때도 없이 하루에도 몇 차례나 이런 고통 아닌 고통에 시달려야만 했었다.

더구나 태무랑을 생각할 때나 그에 대한 원한을 곱씹을 때면 반드시 고통이 찾아왔고, 더욱 심했다.

그녀는 생각하지 않으려고, 강하게 부정하려고 몸부림치면서 애쓰지만 그럴 때면 마치 그 개 같은 놈하고 정사를 하는 것 같은, 아니, 강간을 당하는 듯한 더러운 기분을 떨쳐 버릴 수가 없다.

부정을 하면 할수록 그런 생각이 더 강하게 들기 때문이다.

그럴 때면 자신의 생각을 통제할 수 없다는 사실이 저주스럽기까지 했다.

천자필사는 서찰을 읽다가 옥령의 신음 소리를 듣고 그녀를 쳐다보았다.

적을 쳐다볼 때나 상전을 쳐다볼 때나 변함이 없는 냉랭한 표정이고 눈빛이다.

옥령은 천자필사가 보고 있다는 사실 때문에 이 느낌이 한층 더 치욕스러워졌다. 그녀는 한동안 아랫배를 누르고 있어야만 했다. 이 고통이 엄습할 때는 아무것도 할 수 없기 때문이다.

천자필사가 서찰을 읽는 동안 옥령은 식은땀을 흘리면서 고통과 싸우고 나서 차갑고도 독한 눈빛을 흘렸다.

"태무랑에 대해서 알아야 할 것은 전부 알았다. 이제 남은 것은 그놈을 잡아들이는 것뿐이야."

옥령은 낙성검문에 찾아가서 소도천을 죽이고 은지화를 납치한 후에 그녀에게서 태무랑에 대한 모든 것을 알아냈다.

그렇다고 은지화가 옥령이 묻는 대로 고분고분 모두 털어놓은 것은 아니다.

오히려 은지화는 한마디도 하지 않고 입을 꼭 다문 채 죽이려면 어서 죽이라고 엄포를 놓았었다.

옥령이 은지화의 입을 열게 한 방법은 의외로 간단했다. 그

불행의 궁극(窮極)

녀의 심지를 제압해 버린 것이다.

 자신의 의지를 송두리째 잃어버린 은지화는 결국 자신이 무슨 말을 하는지도 모르면서 알고 있는 모든 것을 술술 다 털어놓아야만 했다.

 탁—

 이윽고 옥령은 젓가락을 내려놓고 일어섰다.

 "가자."

 주루를 나선 그녀는 마차 문을 연 채 공손히 허리를 굽히고 있는 천옥대주 화담에게 짧게 명령했다.

 "남경으로 가자."

 마부석에 앉은 화담이 채찍을 휘두르자 네 필의 준마가 일제히 달리기 시작했다.

 우두두두—

第四十二章
경뢰궁주(輕雷宮主)

"낙성검문의 소문주 은지화 소저가 닷새 전에 집으로 돌아왔다고 하네."

금오가 장강 변 당도(當塗)라는 곳에 들렀을 때 신풍개는 한 시진 동안 개방 당도분타에 다녀와서는 그런 소식을 태무랑에게 전해주었다.

신풍개의 말에 늘 무표정으로 일관하던 태무랑의 얼굴에 얼핏 기쁜 표정이 떠올랐다.

신풍개는 미소를 지으며 고개를 끄덕였다.

"은 소저는 아무 탈 없이 건강하다고 하네."

태무랑은 고개를 끄덕였다.

"다행이군."

신풍개는 오랜만에 보는 태무랑의 웃는 모습에 기분이 좋아졌다.

"한 가지 소식이 더 있네. 자네 옥령에 대해서 알아봐달라고 했었지?"

"그래."

"정보에 의하면 그녀는 현재 합비에 있다고 하네."

"합비? 그게 정말이냐?"

태무랑은 움찔 놀라며 급히 물었다.

신풍개는 고개를 끄덕였다.

"어젯밤 합비의 금붕보에서 하룻밤 묵고 오늘 이른 아침에 동쪽으로 출발했다고 하네."

"음! 아깝군!"

태무랑은 손바닥으로 탁자를 세게 내려쳤다.

어젯밤에 태무랑 일행은 이곳 당도에서 장강 상류 쪽으로 이십여 리 거리의 강기슭에 닻을 내리고 하룻밤을 보냈었다.

그곳에서 합비까지의 거리는 서북쪽으로 불과 이백여 리 남짓이었다.

태무랑이 전력을 다해서 달리면 한 시진이면 충분히 갈 수 있는 거리였던 것이다.

옥령이 합비의 금붕보에서 묵고 있다는 사실을 어젯밤에만 알았더라도 태무랑은 만사 제쳐두고 달려갔을 것이다.

"그래서, 지금 그년은 어디에 있느냐?"

태무랑은 당장에라도 뛰어나갈 듯이 물었다.

그러나 신풍개는 고개를 절레절레 가로저었다.

"그건 모르네. 단지 동쪽으로 가고 있다는 사실밖에는……."

"어째서 모르느냐?"

태무랑이 다그치자 신풍개는 씁쓸한 표정을 지었다.

"자네 설마 개방 제자들이 옥령을 미행할 수 있다고 생각하는 것인가?"

태무랑은 입을 꾹 다문 채 신풍개를 주시했다. 미행할 수 없는 이유를 말해보라는 뜻이다.

"옥령 곁에는 천자필사가 그림자처럼 붙어 있네. 천자필사는 무극백절 십이 위의 무시무시한 절정고수야. 더구나 옥령이 탄 마차 전후좌우에는 호위대인 천옥대 백 명이 따르고 있네. 그런 상황에서 본방 제자들이 어떻게 미행을 할 수 있겠는가?"

신풍개는 태무랑의 얼굴이 무겁게 변하는 것을 보면서 말을 이었다.

"옥령의 호위대 천옥대는 그녀가 이동하는 전후좌우 삼십여 리 이내를 철통같이 지킨다고 하네. 그러므로 그녀가 어딘가에 멈추기 전에는 위치를 알아낼 수가 없는 걸세."

신풍개는 조용한 어조로 태무랑의 마음을 가라앉혔다.

"나흘 전에 옥령이 발견된 곳은 번성이었네. 그녀가 그곳에서 무엇을 했을 것 같은가?"

태무랑의 뇌리를 번뜩 스치는 것이 있었다.

"내가 번성과 대홍산에서 철검추풍대와 싸운 흔적을 살폈다는 말이냐?"

신풍개는 턱을 주억거렸다.

"그런 것 같네. 옥령이 은지화 소저를 납치한 것과 번성에서 자네의 흔적을 살피는 행동들은 한 가지를 암시하고 있는 것 같네."

태무랑의 눈이 심해처럼 깊어졌다.

"그년의 목적은 나로군."

"그런 것 같네. 단유천은 무극신련의 정예 세력을 이끌고 신천회와 전쟁을 벌이러 떠났고, 옥령은 자네를 상대하려고 무극신련을 나선 것이 분명하네."

태무랑은 열어놓은 창을 통해서 밖을 뚫어지게 주시하며 뭔가 생각에 잠겼고, 신풍개는 그의 생각을 방해하지 않으려고 조용히 앉아 있었다.

"그렇군."

이윽고 태무랑은 생각을 끝내고 조용히 중얼거렸다.

"옥령 그년은 내가 연속적으로 기화연당들을 공격하고 있는 것을 알고는 다음 기화연당이 있는 남경으로 향하고 있는 게 틀림없다."

"그런가……?"

신풍개는 눈을 껌뻑거리면서 잠시 생각하더니 고개를 크게 끄덕였다.

"그렇군. 그래서 옥령이 동쪽으로 가는 거였어."

동쪽으로 가면 남경이 나오고, 그곳에서 삼백여 리쯤 동쪽으로 더 가면 동해 바다가 나온다.

옥령이 갑자기 바다로 가는 것은 아닐 게다. 그렇다면 남경이 목적지일 테고, 그곳에는 기화연당이 있으며, 태무랑도 지금 그곳으로 가고 있다.

태무랑은 입가를 비틀면서 싸늘한 미소를 머금었다.

"후후후… 남경을 그년의 무덤으로 만들어주겠다."

금오의 갑판 아래에는 십여 개의 창고가 있는데 그곳에는 몇 가지 물건들로 꽉 차 있었다.

뿐만 아니라 앞뒤의 갑판에도 자루에 담긴 물건들이 잔뜩 쌓여 있었다.

그것들은 금오가 지나온 은가애(殷家涯)나 귀지(貴池), 동릉, 무호(無湖) 등지에서 고구려의 다섯 사내들이 구입한 그곳의 생산물들이다.

얼마 전에 태무랑은 신풍개에게 고구려 사람들에게 어떤 생업(生業)을 시키면 좋겠느냐고 물었고, 한동안 곰곰이 생각을 하고 난 후에 신풍개는 장사를 시켜보면 어떻겠느냐고 넌지시 운을 뗐었다.

그리고는 금오가 지나고 있는 내륙 여러 곳의 생산물들을 싼 값에 사들여서 남경에 내다팔면 꽤 짭짤한 이득을 남길 수 있을 것이며, 그것으로써 고구려 사내들이 장사에 소질이 있는지 없는지를 알아보자는 제안을 했다.

그래서 태무랑은 연풍을 불러 그런 얘기를 했고, 연풍은 다른 사내들을 이끌고 첫 기항지였던 은가애 포구에 내려 반나절 동안 둘러보고 와서 태무랑에게 돈을 좀 빌려줄 수 없겠느냐고 부탁했던 것이다.

태무랑에게 은자 백 냥을 빌린 연풍은 은가애를 시작으로 이후 매 기항지마다 그곳의 생산물들을 엄선해서 가장 좋은 것들로만 사들였었다.

그 결과 이곳 당도를 출발할 때쯤에는 금오 갑판과 선창에 각지의 생산물들이 가득 쌓여서 누가 보더라도 장사꾼의 배, 즉 상선으로 여길 듯했다.

금오가 아침에 당도를 출발하여 세 시진 후에 안휘성과 강소성의 접경지역을 통과할 때쯤 그 일이 일어났다.

한 척의 거대한 거선(巨船)이 금오를 막아서더니 정선(停船) 명령을 내린 것이다.

어마어마하게 큰 거선으로 길이가 오십여 장에 높이가 십오륙 장에 달해 하나의 성 같았다.

그 앞에 멈춰 서 있는 금오는 거선에 비해 독수리와 참새 같은 차이가 났다.

태무랑은 이층 자신의 선실에서 창을 닫은 채 운공조식을 하고 있었고, 신풍개는 같은 방 탁자에서 혼자 술을 홀짝거리고 있었다.

그리고 수월화와 우경도는 아래층 한 방에 들어가 꼼짝도 하지 않았다.

네 사람이 밖으로 모습을 드러내지 않는 데에는 그럴 만한 이유가 있다. 금오를 가로막은 채 정선 명령을 내린 거선 때문이다.

거선의 까마득히 높은 중앙의 돛 위에는 하나의 깃발이 세찬 바람에 펄럭이고 있었다.

그리고 깃발에는 흰 바탕에 검은색의 꽃 한 송이가 뚜렷하게 그려져 있었다.

펄럭이는 깃발 때문에 마치 수많은 검은 꽃들이 사방으로 흩어지는 듯했다.

당금 천하에서 흰 바탕에 검은 꽃을 표기로 사용하고 있는 세력은 단 한 군데뿐이다.

철화빙선이 거느리는 두 개의 세력 중에 하나인 상력 철화궁이다. 무력 철화천궁은 노란 바탕에 흑화를 표기로 사용하고 있다.

그러므로 지금 금오 앞을 가로막고 있는 거선은 철화궁의 배, 즉 철화거선(鐵花巨船)이다.

금오는 상선으로 위장하고 있으므로 연풍이 선주(船主)로서 전면에 나섰다.

그는 고구려 사내들과 함께 갑판에 우뚝 서서 철화거선을 올려다보며 우렁차게 외쳤다.

"무슨 일로 우리 배를 강제로 멈추라고 한 것이오?"

연풍 등 고구려 사람들은 얼마 전까지 노예 생활을 하면서 석산에서 돌을 깨고 부엌에서 죽어라 일만 했으므로 철화궁이 뭔지 철화거선이 뭐하는 배인지 전혀 모르고 있다.

아니, 설사 알았다고 해도 연풍은 조금도 기죽지 않았을 것이다. 그에게는 든든한 버팀목인 태무랑이 있기 때문이다. 태무랑만 곁에 있으면 하늘이 무너져도 끄떡없다고 생각하는 그들이다.

철화거선은 육중하고 긴 옆모습을 보인 채 금오를 가로막고 있는데, 난간 안쪽에는 수십 명의 고수가 일렬로 길게 늘어서 있다.

고수들은 남자가 칠 할, 여자가 삼 할 정도의 분포이며 일견하기에도 일류고수가 분명했다.

그때 난간 복판의 고수들이 좌우로 물러나는 듯하더니 빈 공간에 두 명의 여자가 나타났다.

그녀들은 바로 철화천궁의 철화십궁주 중의 삼궁주인 경뢰궁주와 그녀의 제자 청미다.

이십여 일 전에 경뢰궁주는 무창에서 귀존부 대영호에게 적안혈귀를 찾아내라고 명령했었는데, 마침내 그를 찾아낸 것이다.

무극신련은 적안혈귀를 찾으려고 더 많은 인원을 투입했는데도 뜻을 이루지 못했으나, 그와는 달리 철화천궁은 목적을 이루었다.

그런 데에는 한 가지 이유가 있다. 무극신련 고수들은 눈에 띄게 드러나는 행동, 즉 양지(陽地)에서 적안혈귀를 찾으려고 혈안이 됐었다.

하지만 철화천궁은 고수들과 자신들이 보유하고 있는 전 상권(商權)의 그물, 즉 상망(商網)을 곳곳에 쳐놔 음지(陰地)에서 소리 소문 없이 움직였던 것이다.

경뢰궁주는 두 손을 허리에 얹고 금오를 굽어보며 위엄있는 목소리로 입을 열었다.

"적안혈귀는 어디에 있느냐?"

연풍과 고구려 사내 네 명은 의아한 표정을 지었다. 그들은 적안혈귀가 누군지 모르기 때문이다. 태무랑은 단지 태무랑이라고 이름만 알고 있을 뿐이라 그가 적안혈귀일 것이라고는 추호도 생각하지 않는다. 그래서 연풍은 경뢰궁주를 올려다보며 무뚝뚝하게 외쳤다.

"그런 사람 모르오!"

경뢰궁주 옆에 서 있던 청미가 초승달 같은 아미를 상큼 치켜뜨며 사부처럼 두 손을 허리에 얹고 작은 발을 구르면서 나직하게 호통을 터뜨렸다.

"그 배에 적안혈귀가 있다는 것을 다 알고 있거늘, 혼쭐이 나봐야 이실직고 하겠느냐?"

"글쎄, 우리 배에는 적안혈귀인지 귀신 나부랭이인지 그런 사람 없다고 하지 않소!"

연풍 옆에 서 있는 울금이 눈을 치뜨면서 으르딱딱거렸다.

"저놈이 감히 누구에게 울골질이냐? 죽고 싶으냐?"

하늘 높은 줄 모르는 연풍과 네 사내는 눈썹도 까딱하지 않았다.

그들은 오랜 노예 생활을 했던 것에 대한 반발심으로 도에 지나칠 정도로 맞대응을 했다.

호구를 갖춘 어엿한 자유인에다가 태무랑까지 있는데 대저 무엇이 두려울쏜가.

"당신들이 누군지 모르지만 백주 대낮에 배를 가로막고 이게 무슨 행패요? 비키지 않으면 관가에 발고(發告)하겠소!"

연풍 등은 얼마 전까지만 해도 무서워서 피해 다니던 관가까지 들먹이면서 으름장을 놓았다. 순진한 그들은 자신들에게는 호구가 있기 때문에 아무도 건드리지 못한다고 확신하고 있었다.

수월화는 긴장된 표정으로 창틈을 통해서 철화거선의 돛대에서 펄럭이는 흑화와 경뢰궁주, 청미를 번갈아 살피면서 우경도에게 전음을 보냈다.

[저것은 철화궁의 표식인데, 아무래도 태 공자가 무창에서 송무평과 구건후를 죽인 것 때문인 것 같군요.]

수월화는 금오에 편승한 이후부터 태무랑을 '태 공자'라 부르고 있다.

그녀와 우경도는 신풍개에게 자세한 설명을 들었기에 신천회 배후에 철화궁이, 아니, 철화빙선이 버티고 있다는 사실을 알게 되었다. 하지만 철화궁의 더 자세한 내막은 신풍개도 모르고 있었다.

[그것이 철화궁과 무슨 상관이 있소?]

우경도는 수월화 뒤에 가깝게 붙어 서서 그녀가 내다보는 창틈의 위쪽에 눈을 갖다 대고 밖을 살피며 대꾸했다.

밖에서는 연풍과 청미의 첨예한 설전이 벌어지는 소리가 계속 들려오고 있었다.

청미는 사부에게만 공손할 뿐 다른 사람은 안하무인으로 여기는 오만한 성격의 소유자인데, 연풍이 하룻강아지 범 무서운 줄 모르고 대들자 부아를 참지 못해 설전이 벌어지고 있는 것이다.

수월화는 창틈으로 경뢰궁주를 뚫어지게 주시했다.

[현재 무극신련과 신천회는 전쟁이라고 할 수 있을 정도의 대대적인 싸움을 벌이고 있어요.]

우경도는 밖이 잘 보이지 않자 몸을 앞으로 숙이고 눈을 더욱 바짝 창틈에 갖다 댔다.

그 바람에 그의 몸 앞쪽과 수월화의 몸 뒤쪽이 밀착되었으나 두 사람은 몹시 긴장하고 있는 터라 그 사실을 전혀 느끼지 못하고 있었다.

[얼마 전에 무창의 반룡문이 철화천궁에게 급습을 당해서 멸문을 했다는 소문이 파다했었어요. 그런데 바로 그날 낮에 태 공자가 반룡문 소문주 송무평을 죽여서 수급을 효시했었잖아요.]

[그런 일이 있었지요.]

[그렇기 때문에 신천회는 자신들의 표적을 태 공자가 먼저 건드린 것에 대해서 따지려는 것이 아닐까 하는 것이 소녀의

생각이에요.]

우경도는 자세는 그대로 유지한 채 시선을 아래로 하여 적이 감탄한 표정으로 수월화의 머리를 굽어보았다.

[나는 미처 거기까지는 생각하지 못했었소. 이제 보니 주낭자는 비상한 두뇌를 지녔구려.]

뿐만 아니라 그는 수월화의 머리카락에서 풍기는 은은한 난향(蘭香)을 맡으면서 기분이 상쾌해지는 것을 느꼈다.

우경도의 죽은 아내는 매우 부지런하고 순종적이며 제법 출중한 미모를 지녔었다.

그러나 자신의 용모를 가꾸는 데 있어서는 소홀했었다. 그러므로 우경도의 기억에 남아 있는 아내에 대한 것은 매우 가정적이지만 초췌한 모습이었다는 것뿐이다.

그의 아내가 반딧불이라면 수월화는 월광처럼 눈부시게 빛나는 여자다.

지금까지의 우여곡절이 없었다면 우경도 같은 평범한 사내가 수월화처럼 대단한 신분의 여자를 만날 일은 죽을 때까지 없었을 것이다.

[과찬이에요.]

우경도의 칭찬에 수월화는 살짝 얼굴을 붉혔다.

그러나 바깥의 상황이 일촉즉발로 치달리고 있어서 수월화는 더 이상 방관만 할 수 없게 되었다.

[아무래도 소녀가 나서야 할 것 같군요.]

[아니오. 우리가 할 일은 없는 것 같소. 주 낭자가 나가면 사태를 더 악화시킬 것 같소.]

[그래도 이대로 있다가는 연풍 아저씨들이 변을 당할지도 몰라요. 나가봐야겠어요.]

그런데 수월화는 창틈에서 눈을 떼고 상체를 펴다가 깜짝 놀랐다.

자신의 몸 뒤와 우경도의 몸 앞이 밀착되어 있는 것을 그제야 깨달은 것이다.

"아……."

수월화가 급히 멀찍이 떨어지며 확 얼굴을 붉히자 우경도도 그제야 그 사실을 깨달았다.

그러나 우경도는 이런 상황에서 어떻게 해야 할지 몰라서 당황한 채 우물쭈물하고만 있었다.

수월화는 서둘러 문을 열고 밖으로 나갔다. 지금은 우경도와 이상한 분위기에 빠져 있을 때가 아니다. 밖에서 벌어지고 있는 상황을 처리하지 못하면 고구려 사람들이 화를 당하고 말 것이기 때문이다.

수월화가 선실 밖으로 나갔을 때에는 바깥의 험악한 분위기가 매우 고조되어 있었다.

앞뒤 꼭 막힌 연풍이 한 걸음도 물러서지 않고 고자세를 취하자 결국 청미는 분통을 터뜨리고 말았다.

그녀는 금오로 뛰어내려 연풍과 고구려 사내들을 불문곡직 혼쭐을 내줘야겠다고 생각했다.

고집불통인 자들은 피눈물을 흘려봐야 정신을 번쩍 차린다는 것이 그녀의 지론이다.

"물러나라, 미아."

경뢰궁주는 일층 선실에서 수월화가 나오는 것을 보고 청미를 물러나게 했다.

그런데 경뢰궁주는 수월화가 누군지 단번에 알아보고 내심 적잖이 놀랐다.

그래서 혹시 잘못 본 것이 아닌가 하고 눈을 깜빡거리면서 몇 번이나 봤으나 결코 잘못 본 것이 아니다.

대명제국의 제이인자인 무령왕의 금지옥엽이 저런 조그만 배에 타고 있을 줄은 전혀 예상하지 못했었다.

아니, 경뢰궁주는 저 배에 적안혈귀가 타고 있다고 확신하고 있으니까 그녀가 적안혈귀와 함께 있다는 사실 때문에 놀란 것이다.

수월화 혼자만 내보낼 수 없었던 우경도가 그녀 뒤를 따라서 긴장된 얼굴로 나왔다.

수월화는 경뢰궁주를 올려다보며 포권지례를 취했다.

"당신은 누군가요?"

경뢰궁주(輕雷宮主) 157

경뢰궁주 역시 포권을 하며 공손히 허리를 굽혔다.

"저는 철화천궁의 삼궁주인 경뢰궁주라고 합니다."

그녀는 자신의 신분을 솔직하게 밝혔다. 또한 다른 사람들이 혹여 수월화의 신분을 모르고 있을 수도 있어서 '공주'라는 호칭으로 부르지 않았다.

그렇지만 자신의 공손함이 수월화의 신분을 알아봤기 때문이라는 암시를 은연중에 표명하려고 애썼다. 할 수 있는 예의는 갖춘 셈이다.

"철화천궁이 무엇인가요?"

"철화빙선께선 두 개의 세력을 갖고 계신데 철화궁과 철화천궁이에요."

"그럼 신천회는 뭐죠?"

경뢰궁주는 무림에 알려지지 않은 사실들을 친절하게 설명해 주었다.

"그것은 사람들이 제멋대로 갖다 붙인 이름입니다. 철화천궁이 맞습니다."

신풍개조차도 모르고 있던 사실을 경뢰궁주에게서 직접 듣게 되었다.

수월화는 본론으로 돌아갔다.

"경뢰궁주께서 길을 비켜주었으면 좋겠군요."

경뢰궁주는 공손하면서도 난감한 표정을 지었다.

"곤란하군요."

"부탁을 해도 안 될까요?"

수월화는 진정 어린 표정으로 가슴 앞에 두 손을 모았다. 그녀는 태무랑을 보호하기 위해서라면 무슨 희생이라도 치를 각오를 했다.

태무랑은 그녀의 생명을 구해준 은인이다. 아니, 이제는 여러 끈끈한 인연들이 중첩되어 태무랑하고는 끊으려야 끊을 수 없는 인연이 되어가고 있다. 태무랑은 당금 무림에서 벌어지고 있는 거대한 사건의 한복판에 있다. 그는 가히 태풍의 눈이라고 할 수 있는 것이다.

경뢰궁주는 수월화의 행동과 표정을 보고 적잖이 당황했다. 그녀가 적안혈귀를 적극적으로 보호하려는 사실을 짐작하기 때문이다.

적안혈귀와 무령왕의 금지옥엽, 즉 수월 공주(羞月公主)하고는 어떤 형태로든 도무지 연결이 되지 않았다.

경뢰궁주는 조금 전에는 예의상 난감한 표정을 짓는 체했으나, 수월화의 진심을 간파한 지금은 정말로 난감한 심정으로 난감한 표정을 지었다.

"정말 곤란합니다."

두 여자는 대화를 하면서도 약속이나 한 듯이 적안혈귀라는 말은 입 밖에도 꺼내지 않았다.

[송무평을 죽였다고 태 형에게 트집을 잡으려는 게 분명하네. 절대 나가지 말게.]

신풍개는 창틈으로 경뢰궁주를 살피면서 탁자 앞에 앉아 있는 태무랑에게 전음을 보냈다. 그 역시 수월화하고 같은 생각을 하고 있었다.

[자신들이 신천회가 아니고 철화천궁이라고 거침없이 밝히는 것을 보면 여기 있는 사람을 다 죽이려는 것 같네. 자네가 끝까지 나서지 않으면 지들이 뭘 어쩌겠나?]

밖에서는 수월화가 계속 저자세로 비켜달라고 부탁을 하고 있으며 경뢰궁주가 안 된다는 말을 반복하고 있었다.

[정 안 되겠으면 자네가 다른 얼굴로 변장을 하면 감쪽같지 않은가? 응?]

신풍개는 태무랑의 신기한 변용술(變容術)을 알고 있다. 물론 그게 어떤 수법인지는 자세히 모른다.

그런 방법이 있기는 하다. 하지만 태무랑은 더 명확한 방법을 선택했다.

척!

나가서 경뢰궁주라는 여자를 직접 만나보는 것이다. 그래서 그녀가, 아니, 철화천궁이 무슨 꿍꿍이를 품고 있는지 직접 알아보는 것이다.

그는 마음속으로 한 가지만 생각했다. 적의 적은 친구다. 태무랑의 적은 무극신련이고, 무극신련의 적이 철화천궁이니까 자신과는 친구가 될 수 있다는 논리다.

"엇? 태 형!"

신풍개는 화들짝 놀라 소리치면서 태무랑을 말리려고 했으나 이미 늦었다. 그래서 어쩔 수 없이 부리나케 태무랑을 따라 나갔다.

그가 소리치는 바람에 경뢰궁주와 수월화 등 모든 사람들이 일제히 태무랑을 쳐다보았다.

신풍개는 자신의 얼굴이 노출됐다는 사실을 한발 늦게 깨닫고 허둥거렸다.

'이… 이거 야단났군……!'

그때 태무랑이 방 밖으로 나가자마자 발끝으로 바닥을 가볍게 박차더니 곧장 경뢰궁주를 향해 수직으로 쏘아 올랐다. 어찌 보면 그가 경뢰궁주를 불문곡직하고 공격하는 것처럼 보이는 광경이다.

"태 형!"

"너는 사람들을 돌봐라."

신풍개가 놀라서 부르짖듯이 외치자 태무랑의 조용한 목소리가 뒤를 이었다.

"여길 부탁해요."

경뢰궁주(輕雷宮主) 161

슈욱!

수월화는 우경도에게 그 말을 남기고 태무랑 뒤를 따라 신형을 날렸다.

태무랑이 싸움은 잘하지만 인간관계는 서툴기 때문에 자신이 곁에 있어야 된다는 생각이다.

신풍개는 태무랑을 따라갈 엄두조차 내지 못했으며, 우경도는 딸 우란과 금오의 고구려 사람들 안위 때문에 움직이지 못했다.

경뢰궁주는 태무랑을 보는 순간 그가 적안혈귀라고 단번에 알아보았다.

예전에 무림에 나돌아 다니던 그의 전신을 본 적이 있었다. 그러나 그게 아니더라도 태무랑에게서는 적안혈귀다운 강렬한 기도가 뿜어지고 있었다.

경뢰궁주는 태무랑을 직접 보고서야 그가 예상했던 것보다 훨씬 더 고강한 고수며 막강한 패도를 지녔다는 사실을 깨달았다.

또한 그녀는 신풍개를 보고도 적잖이 놀랐다. 적안혈귀가 수월 공주를 비롯하여 개방의 후계자인 신풍개까지 거느리고 있다는 사실 때문이다.

수월 공주든 신풍개든 절대로 만만한 사람이 아니다. 그들 한 사람으로도 능히 천하를 호령할 수 있을 정도다. 그런 그들이 적안혈귀 주위에 머물러 있다는 것은, 적안혈귀의 사람 됨이나 전후사정이 그저 무차별적인 살인귀인 것만은 아니기 때문일 것이다.

태무랑이 자신을 향해 곧장 쏘아 오르고 있는데도 경뢰궁주는 물러서지도 않았고 방비를 할 자세도 취하지 않았다. 고수들만이 느낄 수 있는 기운, 즉 태무랑에게서 공격의 기운을 감지하지 못했기 때문이다.

태무랑과 수월화는 연이어서 경뢰궁주 앞에 내려섰다. 거리가 두 걸음 정도로 가까웠으나 경뢰궁주는 그 자리에서 움직이지 않았다.

태무랑은 금오를 굽어보며 손짓을 해 보였다.

"가라."

모두들 태무랑이 사태를 수습하기 위해서 혼자 남으려고 한다는 사실을 깨닫고 크게 놀랐다.

고구려 사람들은 안타까워서 발을 동동 굴렸으나 신풍개는 모두를 다독여서 서둘러 금오를 출발시켰다.

신풍개 자신과 고구려 사람들이 이곳에 있어봐야 태무랑에게 짐이 될 뿐이기 때문이다.

그러므로 태무랑이 혼자서 마음대로 행동할 수 있도록 환경을 만들어주는 편이 더 낫다고 판단한 것이다.

금오가 멀리 사라질 동안 태무랑은 아무 말도 하지 않고 경뢰궁주를 주시하기만 했다.

그가 아무리 무표정한 얼굴로 패도적인 기도를 뿜어낸다고 해도 경뢰궁주, 그리고 청미까지도 그가 자신의 주위 사람들을 몹시 염려하고 있다는 사실을 깨달았다. 그것은 그가 무자비한 살인마라는 소문하고는 전혀 다른 일면이 있다는 사실을 보여주는 것이었다.

"뭘 원하느냐?"

이윽고 태무랑이 경뢰궁주를 똑바로 주시하며 입을 열었다. 추호의 감정도 깃들어 있지 않은 무미건조한 목소리다.

경뢰궁주는 태무랑을 직접 보고 난 이후부터는 점차 시간이 지날수록 그에 대한 선입견이 사라지는 대신 그의 위상이 빠르게 커지는 것을 느끼고 있다.

하지만 그녀는 태무랑 정도는 자신의 능력으로 충분히 다룰 수 있다고 확신했다.

경뢰궁주는 태무랑하고는 달리 부드러운 미소를 지으며 선실 쪽을 가리켰다.

"날도 더운데 손님을 이런 곳에 세워두는 것은 결례인 것 같군요."

第四十三章

철화빙선의 배포

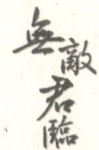

 철화거선은 앞쪽과 뒤쪽에 각각 한 채씩의 오층 전각이 세워져 있고, 두 전각 사이에 그보다 높은 칠층의 누각이 솟아 있으며, 누각에서는 앞뒤의 전각 어디로든 갈 수 있도록 운교 형태의 다리가 이어져 있었다.
 경뢰궁주는 태무랑과 수월화를 누각의 꼭대기 칠층으로 안내했다.
 탁자에는 과일과 다과, 최고급 차가 준비되었으나 아무도 손을 대지 않았다.
 철화거선은 하류, 즉 동쪽을 향해 육중하게 항해를 하기 시작했다. 그런 광경은 마치 하나의 작은 섬이 통째로 움직이는 듯했다.

"우리는 적안혈귀 태 공자가 무극신련을 적대하는 정확한 의도와 목적을 알고 싶어요."

경뢰궁주는 나긋나긋한 목소리로 말하면서 찻잔을 잡았으나 들지는 않았다.

"이분은 적안혈귀가 아니라 무적신룡이에요."

그런데 뜻밖에도 수월화가 차분하게 경뢰궁주의 실언을 지적했다. 조용한 목소리지만 반드시 짚고 넘어가야겠다는 의지가 엿보였다.

경뢰궁주는 어쩌면 태무랑보다는 수월화가 번번이 제동을 걸 것 같다는 좋지 않은 예감이 들었다.

태무랑도 함부로 대할 수 없는 존재지만, 수월화는 더욱 그렇다. 지금으로선 두 사람이 어떤 관계인지 빨리 파악해야지만 대화를 유리하게 이끌어갈 수 있을 듯하다.

"죄송합니다. 고치겠습니다."

경뢰궁주는 깍듯하게 고개를 숙였다. 호칭이야 어떻게 부르든 상관이 없다.

하긴, 태무랑이 무극신련을 상대하여 철화빙선이나 무림, 그리고 천하의 사람들에게 피해를 준 적은 없다.

오히려 여러 기화연당을 폐쇄시켜서 수백 명의 어린 화뢰들을 고향으로 돌려보내 많은 사람들로부터 존경과 칭송을 받고 있는 상황이다.

경뢰궁주는 처음에 태무랑에게 했던 말을 조금 고치고 축약시켰다.

"무적신룡, 당신의 목적이 뭔가요?"

태무랑은 굳이 자신의 목적을 감추고 싶지 않았다.

"단유천과 옥령 등 몇 명을 죽이는 것이다."

거침없는 반말이다. 그는 지옥에서 구사일생 살아 나온 이후 거의 모든 사람에게 반말을 하고 있다. 사람들은 예의로써 상대에게 존대를 하는데, 그는 예의를 갖출 만한 상대를 아직 만나지 못했다.

경뢰궁주는 태무랑의 뜻밖의 대답에 적이 놀랐다. 하지만 왜 그들을 죽이려고 하는지에 대해서는 묻지 않았다. 목적만 알면 됐지, 원인이야 중요하지 않다.

물론 원인까지 알면 금상첨화지만 상대의 심기를 거슬러 가면서까지 무리할 필요는 없다.

태무랑의 목적이 단유천과 옥령 등을 죽이는 것이라면, 무극신련 전체를 적으로 삼은 것이나 진배가 없다.

그런 점에서 태무랑과 철화빙선은 공동의 적을 갖고 있는 셈이다. 경뢰궁주는 처음부터 대화가 순조롭게 풀리고 있다고 생각했다.

사실 무극신련과 철화천궁의 싸움은 얼마 전까지만 해도 철화천궁 쪽이 우세했었다.

하지만 그 이유가 철화천궁이 전력상으로 우위에 있기 때문이 아니었다.

무극신련 휘하 사십팔지파들은 한 지역의 패자(覇者)로서 움직이지 않고 붙박여 있는 반면에, 철화천궁은 천하 도처에서 빠르게 이동하면서 그들을 급습했던 것이 주효했다.

이른바 철화천궁은 캄캄한 어둠 속에서 찔러대는 창이고, 무극신련 사십팔지파들은 밝은 곳에 가만히 앉은 채 당하는 입장이었던 것이다.

그러나 그런 상황이 언제까지나 지속될 수는 없다. 사십팔지파들이 철저한 방비를 하기 시작하면서부터 철화천궁의 급습 성공률은 점점 빠르게 하락해 갔다.

더구나 얼마 전에는 무극신련 총본련의 대공 천풍공자 단유천이 총단주의 전권을 위임받아 어마어마한 십 개 단을 이끌고 철화천궁 척결에 나섰다.

그때부터 철화천궁은 천하 곳곳에서 연전연패를 거듭하고 있는 중이다.

그나마 이십여 일 전에 경뢰궁주가 무창의 반룡문을 멸문시키는 작은 승리를 이루었던 것은, 반룡문이 무극신련 총본련이 있는 무창 턱밑에 위치해 있었기에 가능한 쾌거였다.

설마 철화천궁이 무극신련 총본련 앞마당까지 들어와서 반룡문을 급습할 줄은 예상하지 못했던 것이다. 통렬하게 허를 찌른 것이다.

철화궁으로서는 자신들의 상권을 차근차근 먹어치우고 있는 무극신련을 가만히 앉아서 지켜볼 수는 없었다. 좀도둑을 가만히 놔두면 점점 대담해져서 나중에는 집안의 물건을 죄다 들어먹게 마련이다.

중원 무림 최대 최강의 세력을 보유하고 있는 무극신련은 자신들이 아무리 짓밟아도 철화궁이 아프다는 신음 소리조차 내지 못할 줄 알았었다.

강자가 짓밟으면 약자는 반항을 하기보다는 어떻게 하면 조금이라도 덜 밟힐까 몸을 사리는 것이 약육강식의 오랜 법칙이기 때문이다.

그런데 철화궁이 무력 철화천궁을 암중에서 키우고 있었을 줄은 무극신련도 전혀 예상하지 못했다.

잘못 건드렸다가 무극신련은 철화천궁이라는 벌에 된통 쏘이고 말았다.

하지만 벌침에 쏘였다고 무너질 무극신련이 아니다. 그들은 거대한 도철(饕餮:전설속의 모진 괴물)인 것이다.

경뢰궁주는 원래 꼿꼿하게 앉았는데 갑자기 자세를 똑바로 하고 표정마저 엄숙하게 고쳤다.

철화빙선의 배포

"태궁주의 말씀을 전하겠어요."

그녀 옆에 앉은 청미는 꼿꼿한 자세로 얼어붙은 듯 꼼짝도 하지 않았다.

태궁주 철화빙선의 말을 전하는 것뿐인데도 그녀들의 행동은 경건하고 엄숙하기 짝이 없었다.

"태궁주께선 당신에게 두 가지 선택권을 하사하셨어요."

경뢰궁주의 목소리가 자못 쩌렁쩌렁하다.

원래 경뢰궁주는 무창에서 반룡문을 급습하기 직전에 적안혈귀, 아니, 무적신룡이 송무평과 구건후를 죽여서 수급을 효시했다는 보고를 듣고 그를 찾아내라고 명령했다. 이유라면 그를 찾아내서 따지기 위해서였다.

그런데 그 이후 무극신련과의 싸움에서 철화천궁이 열세에 놓이게 되고, 반면에 무적신룡은 무극백절 중에 두 명을 죽여서 수급을 효시하는 등 혼자서 독야청청(獨也靑靑) 약진을 하고 있으므로, 그에 대한 일이 철화빙선의 귀에까지 들어가게 되었다.

"하나는 당신을 철화천궁의 궁주로 영입하는 것이에요. 철화천궁에는 십 궁주가 있으며 당신은 그중 한 명으로 나하고 같은 서열이 되는 것이지요."

그녀는 철화빙선의 성은을 하사하는 망극한 표정을 짓고 있는데 반해서 태무랑은 눈썹조차 까딱하지 않았다.

"또 하나는 첫 번째 제안을 거부했을 경우인데, 당신이 무극신련에 속한 자들을 죽일 때마다 본 궁이 책정한 액수의 돈을 지불하는 것이에요."

태무랑은 전혀 흥미가 없다는 듯 다른 곳을 보고 있다.

"선택하세요."

경뢰궁주는 서둘지 않고 조신한 표정으로 태무랑의 대답을 기다렸다.

태무랑은 자신이 대답을 하지 않으면 이 부질없는 흥정이 끝나지 않을 것 같은 생각이 들었다.

"나는 누구에게도 속하지 않고 혼자 행동한다."

"그렇다면 두 번째를 선택했군요?"

"그건……."

태무랑이 뭐라고 반박하려는데 탁자 밑에서 옆에 앉은 수월화가 손을 뻗어 그의 손을 가만히 잡았다. 아무 말도 하지 말라는 뜻이다.

수월화가 손을 잡든 잡지 않든 태무랑의 표정은 변함이 없으므로 경뢰궁주는 그 사실을 모르고 있다.

경뢰궁주는 화사한 미소를 지었다. 평소에는 제자인 청미조차도 잘 보지 못하는 귀한 미소다.

"우리가 책정한 금액에 의하면, 철검추풍대 삼백 명을 전멸시킨 것은 백만 냥, 송무평과 구건후는 각 만 냥씩, 무극백절 홍탄과 도운강은 이십만 냥과 십구만 냥, 기화연당 한 군데에 만 냥씩 세 군데 삼만 냥. 도합 백사십사만 냥이군요. 지금 즉시 드리겠어요."

경뢰궁주는 멀찍이 떨어져 있는 한 명의 고수에게 가볍게 고개를 끄덕여 보였다. 방금 말한 돈을 준비하라는 뜻인 듯했다.

태무랑은 가볍게 눈살을 찌푸렸다. 자신이 복수를 위해서 죽인 자들을 돈으로 환산하는 것이 마음에 들지 않았다.

하지만 수월화의 생각은 달랐다. 은자 백사십사만 냥은 정말 큰 액수다. 사람이라면 누구나 돈이 필요하며, 태무랑이라고 예외는 아니다.

더구나 그에겐 부양해야 할 열다섯 명의 고구려 사람이 있어서 그들에게 돈이 필요할 것이고, 앞으로 그가 길고 험한 복수행을 진행하는 과정에 많은 돈이 필요하게 될는지도 모르는 일이다.

수월화는 태무랑이 돈에 대해서는 욕심이 없으며 돈으로 이룰 수 있는 것에 대해서는 더 관심이 없다고 생각했다. 그래서 그녀는 자신이 태무랑의 돈을 관리하는 집사(執事)를 자처하고 나섰다.

그녀는 태무랑이 아무 말도 하지 못하게 그의 손을 잡은 손에 가만히 힘을 주면서 경뢰궁주를 바라보았다.

"우리는 그만 가봐야겠어요."

일단은 이 배에서 벗어나는 것이 목적이다. 바다처럼 드넓은 장강 한가운데에서, 고수들이 얼마나 있을지도 모르는 배에 태무랑하고 단둘이 있다는 것은 백 번을 양보한다고 해도 최악의 불리한 상황이다.

그러므로 대화가 끝나고 소기의 목적을 이루었으면 한시바삐 벗어나는 것이 상책이다.

거기에 경뢰궁주가 두둑이 돈까지 얹어준다면 더할 나위 없이 좋은 일이다.

슥—

경뢰궁주가 태무랑 앞으로 하나의 패를 밀어주었다. 둥글고 납작한데 피처럼 붉은색이며 복판에 한 송이 검은 꽃이 불룩 튀어나오게 양각(陽刻)되었고 그 옆에 세로로 철화오령(鐵花五令)이라는 네 글자가 새겨져 있었다.

"천하 곳곳에 있는 철화궁과 철화천궁 휘하의 모든 수하들과 상권을 부릴 수 있는 영패예요."

그것은 철화천궁 십궁주 열 명이 지니고 있는 것과 똑같다. 그리고 그것의 주인인 철화오궁주는 얼마 전에 단유천에게 죽임을 당했다.

아까 경뢰궁주는 태무랑에게 두 가지를 선택할 수 있다는 제안을 했고, 수월화에 의해서 두 번째 제안이 받아들여지는

철화빙선의 배포 175

형식이 취해졌었다.

그러나 경뢰궁주가 철화오령을 내민 데에는 심계가 있다. 그 역시 철화빙선의 명령이었다. 만약 태무랑이 철화오령을 취하면, 그는 잠정적으로 철화천궁의 철화오궁주가 되는 것이다. 즉, 첫 번째 제안을 수락한 것이 된다.

태무랑이 철화오령에 눈길조차 주지 않자 수월화가 조심스럽게 그것을 집어 들었다.

태무랑의 앞날을 생각하면 철화오령이 쓸모가 많을 것이라고 판단한 것이다.

금오는 멀리 사라지지 않았다. 수월화가 난간에 서서 하류쪽을 향해 손을 흔들고 나서 오래지 않아 금오가 나타나 철화거선 옆에 나란히 붙었다.

그로 미루어 금오는 철화거선이 보이는 곳에 대기하고 있었던 것 같다.

쿵! 쿵!

태무랑과 수월화가 나란히 서 있는데 몇 명의 고수가 붉은 쇠상자 열대여섯 개를 들고 와서 바닥에 질서정연하게 내려놓고 물러났다.

수월화는 그것이 경뢰궁주가 말한 무극신련 고수들을 죽인 대가 백사십사만 냥인 것을 알았다.

경뢰궁주와 청미는 직접 뱃전까지 와서 태무랑과 수월화를 배웅했다. 그리고 갑판 양쪽으로는 백여 명의 남녀고수들이 질서있게 도열했다.

"조만간 다시 만나게 될 거예요."

"그런 일은 없을 것이다."

경뢰궁주가 만면에 웃음을 지으며 친근하게 말하는데도 태무랑은 거들떠보지도 않았다.

태무랑의 눈에는 무림을 장악한 무극신련이나 천하의 상권을 쥐락펴락하는 철화궁이나 대동소이한 존재로 보였다. 한쪽은 힘으로 약자를 괴롭히고, 또 한쪽은 돈으로 약자를 짓밟는다는 생각이다.

철화빙선의 술수는 보지 않아도 뻔하다. 돈으로 태무랑을 이용하겠다는 수작이다.

돈은 얼마든지 있으니까 되도록 많은 무극신련 고수들을 죽여달라는 뜻일 게다.

그런 돈의 만분지 일만 있었어도 태무랑은 어린 나이에 자원하여 군사가 되지 않았을 테고, 어머니와 남동생은 굶어 죽지 않았을 것이며, 누이동생은 화뢰로 팔려가는 신세가 되지 않았을 것이다.

그런 생각을 하자 태무랑은 토할 것 같은 기분이 들었다.

경뢰궁주는 원래 사근사근한 성격이 아니다. 오히려 냉정하고 딱 부러지며 엄격한 성격이다.

그런데 지금은 철화빙선의 지엄한 엄명이 있어서 태무랑 앞에서 최대한 자신을 굽히고 있는 것이다.

더구나 철화빙선은 앞으로 경뢰궁주가 무적신룡을 전적으로 담당하라고 지시했으니 가볍게 넘길 일이 아니다.

경뢰궁주는 애교 섞인 웃음을 흘리면서 손끝으로 태무랑의 어깨를 가볍게 건드렸다.

"호호호! 다음에 만나면 근사한 미주가효를 대접하겠……."

그러나 태무랑이 재빨리 상체를 비틀면서 그녀의 손목을 움켜잡으려고 하는 바람에 그녀는 말을 잇지 못하고 다급히 손을 거두어들였다.

태무랑의 커다란 손이 그녀의 손목을 움켜잡아 가는 순간, 바로 옆에 있던 청미가 벼락같이 어깨의 검을 뽑아 태무랑을 공격하면서 앙칼진 호통을 터뜨렸다.

차앙!

"건방진 놈! 어딜 감히!"

청미는 내내 태무랑이 못마땅했었기에 지금 같은 상황에서 눈이 뒤집힌 것이다.

태무랑은 경뢰궁주의 손목을 잡을 수는 있으나 그렇게 되면 청미의 검에 팔이 잘라지고 말 것이다.

하지만 청미의 두 눈에는 파란 독기가 서려 있어서 겁만 주고 검을 거두려는 기세가 아니다. 아니, 거두려고 해도 이미 늦었다.

태무랑은 경뢰궁주의 손목을 움켜잡으려던 오른손의 방향을 틀어 청미에게 일장을 발출했다.

후우—

검이 자신의 팔뚝을 자르는 것보다 더 빨리 그녀를 적중시켜야만 하는 상황이다. 그리고 태무랑에게는 충분히 그만한 능력이 있었다.

퍼억!

"악!"

검이 태무랑에게 닿기도 전에 가슴 한복판에 고스란히 일장을 적중당한 청미는 입에서 핏덩이를 뿜으면서 뒤로 이 장이나 날아갔다가 바닥에 내동댕이쳐졌다.

청미는 쓰러진 채 일어서려고 버둥거리며 손에 쥐고 있는 검을 태무랑에게 겨누고 이를 갈았다.

"네… 이놈……"

입에서 꾸역꾸역 피를 쏟으며 눈을 하얗게 부릅뜬 모습은 매우 섬뜩했다.

경뢰궁주는 착잡한 표정으로 그녀를 바라보기만 했다. 경뢰궁주가 나서지 않으니까 아무도 청미를 부축하지 않았다.

경뢰궁주가 생각하기에 잘못은 자신들에게 있었다. 그녀가 태무랑의 어깨를 건드린 것이 실수고, 태무랑은 꾸짖는 차원에서 그녀의 손목을 잡으려 한 것뿐인데, 그의 팔을 자르겠다고 검을 날린 청미의 행동이 두 번째 실수였다.

태무랑이 손을 쓰지 않았으면 그는 오른팔이 잘라졌을 것이다. 어쩔 수 없는 상황이었다.

"으음……."

청미는 몸을 부르르 떨다가 축 늘어지며 혼절해 버렸다.

"미안해요. 노여움을 푸세요."

경뢰궁주는 혼절한 청미가 걱정됐으나 끝까지 그녀를 쳐다보지 않은 채 태무랑에게 정중히 사과했다.

태무랑은 잠시 그녀를 쳐다보았다. 보통 이런 상황에서는 제자를 다치게 했다고 사부가 길길이 날뛰는 법인데, 사과를 하는 경뢰궁주는 사리가 분명한 사람 같았다.

태무랑은 말없이 신형을 날려 금오로 내려갔고, 수월화가 그 뒤를 따랐다.

경뢰궁주의 명령에 따라 고수 몇 명이 돈이 든 쇠상자를 금오의 갑판에 가져다주고는 다시 철화거선으로 돌아갔다.

태무랑은 경뢰궁주가 씁쓸한 표정으로 지켜보는 가운데 이층 선실로 들어가서 문을 닫아버렸다.

수월화가 태무랑을 따라 그의 방에 들어가고, 신풍개와 우경도가 돈이 든 상자들을 그의 방으로 옮겼다.

　태무랑의 거처는 금오에서 가장 큰 방이라서 네 명이 들어와도 비좁지 않았다.

　태무랑이 서 있으니까 다른 세 사람도 우두커니 서서 침묵을 지켰다.

　그렇게 어색한 침묵이 열 호흡 정도 흘렀다. 평소에 말 많은 신풍개도 지금만큼은 입을 닫고 있었다.

　철화거선에서 대체 무슨 일이 있었는지, 경뢰궁주하고 무슨 대화를 나누었는지, 조금 전에 철화거선 갑판에서 싸우는 소리가 났는데 무슨 일이었는지 몹시 궁금했으나 태무랑의 표정을 살피면서 아무 말도 하지 않았다.

　우경도가 살짝 창을 열고 밖을 내다보고 나서 태무랑에게 알려주었다.

　"철화천궁의 배가 멀어지고 있소."

　그러나 그 말에 아무도 반응을 보이지 않았다.

　그때 문득 태무랑이 의자에 앉으며 중얼거렸다.

　"풍개, 술 한 잔 마시자."

　술이라도 마셔야 더러워진 기분이 풀릴 것 같았다.

　"그, 그래! 그게 좋겠네!"

　신풍개가 입이 함지박만 하게 벌어져서 뒤뚱거리며 밖으

로 나가자 수월화와 우경도의 얼굴이 조금 풀렸다.

문득 수월화는 바닥에 늘어놓은 돈 상자에 시선이 갔다. 조금 전에 자신이 태무랑의 금전관리 집사를 자처했으므로 이 돈 만큼은 잘 정리해야겠다는 생각에 가까운 쪽의 돈 상자 하나를 탁자에 올려 뚜껑을 열어보았다.

"아!"

"이런……."

그런데 수월화가 갑자기 탄성을 터뜨리자 우경도도 돈 상자를 들여다보다가 얼굴 가득 놀란 표정을 떠올렸다.

뜻밖에도 돈 상자에는 반짝이는 금전이 가득 담겨 있었다. 혹시나 해서 모든 돈 상자들을 다 열어보니 하나도 빠짐없이 금전이 담겨 있었다.

"경뢰궁주의 말은 은자가 아니라 금화(金貨) 백사십사만 냥이었어요."

금원보 하나를 은자로 환산하면 만 냥이지만, 금화 한 냥은 은자 이십 냥이다.

열다섯 개 돈 상자에 담긴 금화 백사십사만 냥을 은자로 환산하면 엄청난 액수다.

"이천팔백팔십만 냥……."

그것은 철화빙선의 배포였다.

"미아……."

경뢰궁주는 침상에 누워 있는 청미 곁을 떠나지 못하고 잔뜩 걱정스런 표정을 짓고 있었다.

"아아……."

청미는 두꺼운 이불을 몇 개나 덮고 있으면서도 춥다고 몸을 사시나무 떨 듯이 떨어대고 있다.

안색이 너무나 창백했으며 눈을 뜨지도 못하고 가느다란 신음만 계속 흘렸다.

또한 얼굴에는 기이하게도 얇은 서리 같은 것이 깔려 있으며 만지면 얼음처럼 차가웠다.

"소궁주의 체내에는 극음지기가 만연한 상태입니다. 극음지기로 인해서 장기와 내장, 혈맥이 서서히 얼고 있습니다. 조치를 취하지 않으면 위험합니다."

"극음지기?"

청미의 상태를 세심하게 살펴본 철화거선의 상주 의원이 침통하게 말하자 경뢰궁주는 움찔 놀랐다.

청미는 태무랑의 장력에 적중됐다. 경뢰궁주가 목격한 대로라면 태무랑은 전력을 다하지 않고 단지 청미를 물리치는 정도의 충격만 가했었다.

그 증거로 청미는 뼈도 부러지지 않았고 내장도 전혀 다치지 않았다.

그런데 난데없는 극음지기가 온몸에 퍼져서 몸속을 얼리고 있다는 것이다.

"설마……."

그렇다면 원인은 한 가지뿐이다.

"무적신룡이 극음장(極陰掌)을……?"

만약 청미가 극음장에 적중됐다면 비록 소량이라고 해도 지금 같은 증세를 보이는 것이 당연하다.

그것은 전혀 예상하지도 못했던 일이다. 당금 무림에서 극양지기나 극음지기 같은 최상승의 절학을 사용하는 사람은 열 손가락으로 꼽을 정도이기 때문이다.

경뢰궁주는 난감했다. 청미를 치료하려면 극양지기로 체내의 극음을 중화시키거나 극음지기를 배출시켜야 하는데 그럴 방법이 없기 때문이다.

다음 날 정오 무렵에 금오는 남경을 오십여 리 남겨놓은 강포(江浦)라는 곳에 이르렀다.

"이게 무슨 냄새지?"

갑판을 어슬렁거리던 신풍개가 제일 먼저 코를 벌름거리면서 이맛살을 찌푸렸다.

"뭔가 타는 냄새 아냐 이거?"

이후 냄새가 더욱 짙어지자 다른 사람들도 타는 냄새를 맡게 되었다.

바람은 서쪽에서 불어오고 있는데 냄새는 서풍을 타고 시간이 갈수록 점점 더 짙어졌다.

남경이 가까워질수록 장강의 강폭은 오 리가 넘을 정도로 바다처럼 넓어졌다.

하지만 오가는 크고 작은 배들이 너무 많아서 조금만 신경을 쓰지 않으면 충돌하기 십상이다.

연풍은 조타(操舵)를 두 손으로 꼭 잡고 전방과 좌우를 주시하면서 배를 모느라 온 신경을 쏟고 있어서 냄새를 느끼지도 못했다.

여자들은 점심 식사를 준비하고 아이들을 돌보느라 선실과 주방에 모여 있었다.

그리고 나머지 사람들은 모두 배 후미에 모여서 서쪽, 즉 장강 상류 쪽을 쳐다보고 있었다.

"저길 보시오!"

상류 쪽에서 한 척의 날렵한 쾌속선이 전속력으로 쏘아오는 것을 발견한 우경도가 소리쳤다.

"우리 쪽으로 오는 것 같군."

신풍개가 중얼거리는 사이에 쾌속선은 오십여 장까지 다가오고 있었다.

그때 쾌속선 앞쪽에서 누군가 큰 동작으로 손을 흔들면서

철화빙선의 배포

큰소리로 외쳤다.

"철화거선이 습격당하고 있소!"

소리치는 사람은 철화거선에서 봤던 고수들하고 같은 복장을 하고 있었다.

수월화와 신풍개, 우경도의 안색이 급변했다. 철화거선이 습격당했다면 상대는 당연히 무극신련일 것이다.

더구나 어마어마하게 큰 철화거선에는 경뢰궁주를 비롯하여 꽤 많은 고수들이 타고 있었을 텐데, 그걸 공격할 정도라면 무극신련 쪽은 그보다 더 많거나 강하다는 뜻이다.

쾌속선이 더 가깝게 다가오자 고수의 외침이 더 생생하게 들렸다.

"철화거선이 불타고 있소! 이대로 가다가는 몰살이오! 경뢰궁주께서 무적신룡에게 도움을 청하라고 하셨소!"

신풍개는 힐끗 태무랑의 거처인 이층 선실을 쳐다봤지만 그는 창도 열어보지 않는다.

"무극신련이오?"

"그렇소! 무극신련은 천 명이 훨씬 넘는 세력이오! 한시가 급하오!"

신풍개의 물음에 쾌속선의 고수는 다급하게 외쳤다. 두 배가 붙듯이 가까워졌는데도 그는 악을 쓰듯 소리쳤다.

"도와주시오! 부탁하오!"

쾌속선의 고수는 피를 토하듯이 외쳤다.

그러나 최종 결정을 내려야 할 태무랑이 내다보지도 않는 상황에서 신풍개와 수월화 등이 뭐라고 대답을 내놓을 수는 없는 일이다.

그들이 꿀 먹은 벙어리처럼 묵묵히 뱃전에 서 있자 쾌속선의 고수는 태무랑을 의식했는지 그가 있는 선실 이층 쪽을 향해 소리쳤다.

"단유천이 있소! 그자가 무극신련 일 개 단 천 명을 이끌고 급습한 것이오!"

왈칵!

그의 말이 끝나기도 전에 태무랑이 거칠게 문을 열고 선실에서 뛰쳐나왔다.

그는 선실 앞에서 신형을 날려 곧장 쾌속선으로 날아가며 신풍개 등에게 지시했다.

"남경 포구에서 기다려라."

그러나 수월화와 우경도는 듣지 못한 듯 동시에 신형을 날려 쾌속선에 탔다.

신풍개는 일그러진 얼굴로 주먹을 쥐고 허공을 후려쳤다.

"염병할! 이럴 땐 내가 개방 제자라는 사실이 정말로 후회스럽구나!"

화르르—

하나의 성채처럼 거대한 철화거선의 곳곳이 시뻘건 화염에 휩싸인 채 강 복판에 멈춰 있었다.

그리고 철화거선 주위에는 수십 척의 배가 이삼십여 장의 거리를 둔 채 포위하고 있었다.

얼마 전에 태무랑과 경뢰궁주가 대화를 나누던 칠층 누각도 맹렬히 타오르는 광경이다.

태무랑은 쾌속선 앞쪽에 우뚝 서서 뚫어지게 철화거선을 쏘아보았다.

어느덧 쾌속선과 철화거선의 거리는 백여 장으로 가까워지고 있었다.

철화거선 곳곳에서 무극신련 고수들과 철화천궁 고수들이 한데 뒤섞여서 치열하게 싸우는 광경이 손에 잡힐 듯이 똑똑히 보였다.

태무랑 뒤 양쪽에 서 있는 수월화와 우경도의 표정은 긴장으로 팽팽하게 물들었다.

이것은 두 사람하고는 전혀 상관이 없는 태무랑의 싸움이다.

하지만 두 사람은 실리를 추호도 계산하지 않았다. 그의 싸움이 곧 자신들의 싸움이라고 생각했다.

그렇게 하는 것이 태무랑의 은혜에 보답하는 것이라는 생각보다는, 그것이 의리(義理)라고 판단했다.

그때 태무랑의 눈에서 으스스한 혈광이 뿜어졌다. 그리고 그의 시선 끝에는 일대일로 싸우고 있는 어떤 남녀의 모습이 있었다.

"으드득! 단유천. 이놈……!"

그가 이를 갈자 수월화와 우경도는 흠칫 놀라며 그의 시선이 고정되어 있는 곳을 쳐다보았다.

한 사람의 모습이 끌어당기듯이 두 사람 시야에 들어왔다.

그 사람은 구태여 찾아보려고 애쓰지 않아도 유달리 눈에 띄는 모습이었다.

군계일학(群鷄一鶴). 그렇게밖에는 설명할 수 없는 사람, 아니, 청년이다.

눈부시게 흰 백의경장을 입고, 온몸에서 은은한 광채를 뿜어내는 듯, 훌훌 날면서 검을 휘두르는 그는 다름 아닌 단유천이었다.

수월화와 우경도는 단유천을 직접 본 적은 없지만 백의청년이 단유천일 것이라고 짐작했다.

쾌속선이 철화거선의 십오륙 장쯤 이르렀을 때 갑자기 태무랑이 두 발로 뱃전을 박차고 힘껏 허공으로 치솟았다.

휘익!

수월화와 우경도는 단번에 날아갈 수 있는 거리가 오륙 장 정도이므로 철화거선이 더 가까워지기를 기다렸다.

태무랑은 허공으로 비스듬히 솟구쳤다가 방향을 꺾어 철화거선을 향해 수평으로 쏘아갔다.

쏴아아―

그런데 그때 갑자기 쾌속선이 방향을 급선회했다.

"아!"

"무슨 일이오?"

수월화와 우경도가 깜짝 놀라는데 쾌속선에 타고 있는 다섯 명의 고수들은 전방만 주시할 뿐 대답이 없다.

쾌속선이 왔던 방향으로 나는 듯이 쏘아가고 있는 것을 보고 수월화와 우경도가 동시에 외쳤다.

"왜 돌아가는 것인가요?"

"어서 방향을 바꾸시오!"

두 사람하고 가까운 쪽에 서 있는 고수가 굳은 표정으로 상황을 설명했다.

"무적신룡께서 두 분을 안전하게 원래 배로 모셔 드리라고 하셨습니다."

수월화와 우경도는 놀라면서도 착잡한 표정을 지었다. 자신들이 따라오는 것에 대해서 태무랑이 어째서 아무 말이 없나 했더니 돌려보내려고 했던 것이다.

그는 암암리에 쾌속선 고수들에게 전음으로 지시를 한 것이 분명했다.

"당장 배를 돌려요!"

수월화가 출수할 듯이 차갑게 외치자 방금 그 고수가 여전히 굳은 표정으로 말했다.

"무적신룡께서 말씀하시기를, 그들을 안전하게 돌보는 것이 나를 돕는 것이다라고 하셨습니다."

그들이란 고구려 사람들이다. 하지만 조그만 상선인 금오를 누가 공격하겠는가. 수적(水賊)이 공격한다면 신풍개 혼자서도 충분히 대처할 수 있다.

결국 수월화와 우경도는 태무랑이 자신들을 보호하기 위해서 그랬다는 사실을 깨달았다.

第四十四章
단유천과 싸우다

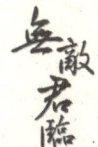

　단유천은 경뢰궁주와 일대일로 싸우고 있었다.
　경뢰궁주는 철화천궁 내에서 무공 면으로 이십 위 안에 꼽히는 실력자다.
　단유천은 무극신련 총본련의 실력 순위라고 할 수 있는 무극백절의 이십이 위다.
　그런데도 단유천은 경뢰궁주에 비해서 한 수 위의 실력을 발휘하고 있었다.
　두 사람은 반경 오 장여 남짓한 공간에서 싸우고 있는데 그 공간 안에는 아무도 얼씬거리지 않았다.

또한 두 사람 다 오른손으로는 검을 사용하면서 왼손으로는 장풍을 발출하며 숨 쉴 틈조차 없이 치열하게 격전을 벌이고 있었다.

경뢰궁주는 이미 서너 군데에 가볍지 않은 상처를 입은 모습이었다.

왼쪽 어깨와 왼쪽 옆구리에서 피를 흘렸고, 입과 코에서 검붉은 피가 흐르는 것으로 미루어 장풍에 적중되어 내상을 입은 듯했다.

제대로 싸운다고 해도 한 수 아래인 경뢰궁주는 상처를 여러 군데 입은 상태에서 고전을 하고 있는 광경이다.

쐐애액! 쐐액!

경뢰궁주는 단유천이 쏟아내는 빠르고도 위력적인 무극칠절검을 간발의 차이로 아슬아슬하게 피하면서 연신 뒤로 물러나고 있었다.

입술을 힘껏 깨물고 비틀거리면서 뒷걸음치고 있는 경뢰궁주는 언제 치명적인 일격을 당해서 죽는다고 해도 이상하지 않을 정도로 절박한 상황에 처해 있었다.

파아—

순간 단유천의 검첨이 아슬아슬하게 경뢰궁주의 가슴을 수평으로 스쳤다.

경뢰궁주는 급히 피하느라 상체를 뒤로 젖히다가 균형을

잃고 그 자리에 엉덩방아를 찧으며 주저앉고 말았다.

검첨에 옷이 베어져서 풍만하고 뽀얀 젖가슴이 드러났으며, 젖가슴의 불룩한 윗부분에 가로로 살짝 베인 상처에서 피가 흘렀다. 하지만 그것을 굽어볼 겨를조차도 없다.

쉬이익!

경뢰궁주를 궁지로 몰아넣은 단유천이 벼락같이 달려들며 회심의 일검을 쏟아내고 있기 때문이다.

"아……."

자신이 이런 절체절명의 상황에 처하리라고는 추호도 예상하지 못했던 경뢰궁주는 안색이 해쓱해져서 그대로 주저앉아 있을 뿐이다.

그녀는 검이 자신의 얼굴 두 자 가까이에 쇄도하고 있을 때 단유천의 준수한 얼굴에 득의한 미소가 머금어져 있는 모습을 발견했다.

방심이 흔들릴 정도로 준수한 용모였으나 그녀의 눈에는 피에 굶주린 악마처럼 보였다.

그런데 공격해 오던 검이 경뢰궁주의 얼굴 반 자쯤에서 갑자기 뚝 멈췄다.

아니, 비단 멈췄을 뿐만 아니라 급작스럽게 뒤로 빠르게 물러나고 있었다.

아무리 주저앉아 있다고 해도, 또한 단유천이 물러나는 이유가 무엇인지 몰라도, 그 기회를 놓칠 경뢰궁주가 아니다.

그녀는 순간적으로 온 공력을 끌어올려 앉은 채로 몸을 날려 단유천을 향해 쏘아가며 자신이 가장 자신하는 검법을 폭발적으로 쏟아냈다.

단유천은 거의 눕듯이 상체를 뒤로 심하게 눕힌 자세로 발뒤꿈치만 바닥에 붙인 채 뒤로 빠르게 주르르 물러났다.

"이놈!"

적의 약세를 발견한 경뢰궁주는 호통을 치면서 철화십팔검(鐵花十八劍)의 최후의 절초를 전개했다.

파파파파팟!

열여덟 송이 붉은 꽃, 즉 철화가 열여덟 줄기 빛살이 되어 번갯불처럼 쏟아져 나갔다.

"……!"

그런데 그 순간 경뢰궁주는 단유천의 시선이 위를 향해 있는 것을 발견했다.

그녀가 힐끗 위를 쳐다보니 자신의 머리 위 반 장 높이에서 태무랑이 우뚝 선 자세로 무서운 기세로 하강하며 단유천을 향해 염마도를 그어대고 있었다.

방금 전 단유천이 경뢰궁주를 죽일 수 있는 절호의 상황에서 갑자기 물러났던 이유는 바로 태무랑의 기습 때문이었던 것이다.

경뢰궁주는 태무랑을 발견한 순간 너무 반갑고 기뻐서 눈물이 왈칵 솟구쳤다.

얼마나 절박한 상황이었으면 그녀 같은 강심장이 눈물이 다 나겠는가.

키우우웅!

염마도가 자신의 상체를 노리고 무시무시하게 그어 내리자 단유천은 추호도 방심하지 못하고 연속적으로 뒤로 물러나기에 급급했다.

만약 단유천이 제때에 급습을 감지하고 물러나지 않았다면 지금쯤 염마도에 정수리가 쪼개져 있을 것이다.

단유천은 급습을 가한 자가 누군지는 모르지만 최소한 경뢰궁주보다 고강하다고 직감했다.

경뢰궁주도 공격을 해오고 있으나 지금 상황으로는 그녀가 문제가 아니다.

그런데 단유천이 등을 바닥에 닿을 정도로 눕혔는데도 염마도가 계속 목을 노린 채 그어오고 있다.

순간 그는 자세를 낮추는 것이 아니라 뒤나 좌우로 피해야 한다는 사실을 깨달았다.

타앗!

그는 발뒤꿈치로 힘껏 바닥을 밀면서 누운 자세로 쏜살같이 머리 쪽으로 쏘아가며 다급히 무릎을 움츠려서 최대한 발을 오므렸다.

키이잉!

그 순간 발아래 쪽으로 염마도의 시퍼런 칼날이 아슬아슬하게 스치고 지나갔다.

만약 단유천이 무릎을 굽히지 않았으면 정강이가 잘라졌을 위기의 순간이었다.

그러나 단유천은 한차례 위기 직후에 그것을 기회로 전환하는 능력을 갖고 있다.

촌각을 열로 쪼갠 찰나지간에 그는 누운 채 둥실 몸을 일으키는가 싶더니 빙글 자세를 똑바로 하여 공력을 끌어올리면서 전면으로 쏘아갔다.

한차례 공격이 끝나면 제아무리 빠르게 재공격을 하더라도 그 사이에는 공백이 생기게 마련이다. 또한 자세가 무너지게 되어 있다.

그러므로 단유천은 그 공백 사이로 공격을 퍼부으면 된다고 생각했다.

그런데 그게 아니다.

태무랑은 바닥에 내려서지 않았다. 공격하던 경뢰궁주가 두 팔을 내밀었고, 그 팔뚝 위에 사뿐히 내려섰다가 재차 단유천을 향해 공격을 퍼부었다.

또한 그가 공격을 할 때 경뢰궁주가 양팔에 힘을 주어 그를 힘껏 밀어냈기 때문에 속도가 훨씬 더 빨라졌다. 그로써 단유천이 노린 공백이 사라져 버렸다.

쏘아가면서 막 공격을 하려던 단유천은 멈칫했다. 그 멈칫하는 사이에 태무랑의 염마도가 뇌성벽력을 터뜨리며 맹렬하게 그어왔다.

꽈르르릉!

염마도법 제이초식 분광작렬이 전개된 것이다. 그 순간 단유천은 염마도가 사라지고 그 대신 여러 줄기의 번갯불이 여러 방향에서 자신을 향해 엄청난 속도로 뿜어져 오는 것을 발견했다.

'이런 말도 안 되는……'

그는 아연실색해서 찰나지간 뭘 어떻게 해야 하는지 갈피를 잡지 못했다.

자신이 이처럼 속수무책으로 당하고 있다는 사실이 믿어지지 않아서 충격이 더 컸다.

그는 자신의 무극칠절검이 무림최강이라고 확신했는데, 지금 자신에게 쇄도하고 있는 도법은 무극칠절검을 초라하게 만들고 있었다.

그러나 더 이상 정신을 놓고 있을 여유가 없다. 여차하는 순간 그는 엄습하는 여러 개의 번갯불에 몸이 난도질당하고 말 것이다.

찌꺼꺼꺼꺵!

상체를 미친 듯이 좌우로 흔들면서 더러는 피하고 또 더러는 검을 휘둘러 막아냈다.

그런데 그의 검이 염마도하고 부딪치자 팔이 찌릿찌릿했다. 굉장한 위력이다.

단유천은 뒤로 물러나면서 정신없이 피하고 막아내면서도 날카로운 눈으로 반격의 틈을 노렸다. 이 공격이 끝나면 반드시 반격할 수 있을 것이라고 믿었다.

'틈이다!'

드디어 상대의 공격이 멈추고 고대하던 기회가 찾아오자 단유천은 밀리던 상황에서 화살처럼 앞으로 튀어나가며 검을 휘둘러 무극칠절검을 전개했다.

쉬아악!

그런데 그것은 착각이다. 상대의 공격이 끝나는 순간 그것을 틈이라고 착각한 것이다.

하지만 사실은 상대의 세 번째 공격이 이어지고 있었다. 현실에서는 도저히 있을 수 없는 일이지만 실제로 일어나고 있는 것이다.

단유천은 상대의 세 번째 공격을 피해야 하는데 오히려 앞으로 달려들며 공격하고 있는 상황이 돼버렸다.

옛말에도 소나기는 피하라고 했는데 소나기 속으로 몸을

내던진 것이다.

그러나 이제는 돌이킬 수 없다. 공격하다가 방어로 돌아서는 순간 치명상을 입거나 죽게 될 터이다.

그러므로 공격을 한층 더 강공으로 밀어붙이는 수밖에 달리 방법이 없다.

그런데 상대의 무기 염마도가 보이지 않았다. 사라진 것이 아니다. 보이지 않을 정도로 빠르기 때문이다.

방어를 할 때는 거리가 지금보다 멀고 또 물러나는 상황이라서 적의 공격, 그리고 무기가 잘 보인다.

하지만 지금은 이른바 폭풍 속으로 들어와 버렸다. 원래 폭풍 속에서는 폭풍이 보이지도 느껴지지도 않는 법이다. 자신 역시 폭풍이 돼버렸기 때문이다.

더구나 공격을 받으면서 마주 공격을 가하는 상황에서는 더욱 그렇다.

또 한 가지 중요한 사실은, 단유천으로서는 이런 기막힌 상황을 태어나서 처음 겪고 있다는 것이다.

마침내 두 공격이 맞붙었다.

콰차차차창!

염마도와 검이 부딪치면서 불꽃이 사방으로 튀었다.

태무랑과 단유천은 두세 걸음밖에 안 되는 지근거리에서 전력으로 염마도와 검을 휘두르고 떨쳤다.

경뢰궁주는 대여섯 걸음 물러난 곳에서 가쁜 숨을 몰아쉬며 그 광경을 바라보았다.

그녀도 태무랑과 합세하여 싸우고 싶지만 그가 조금 전에 그녀의 팔뚝에 내려섰다가 공격하면서 발끝으로 그녀를 안전한 곳으로 밀어냈었다.

그것이 싸움에서 벗어나 잠시 몸을 추스르라는 태무랑의 배려라는 사실을 그녀가 어찌 모를 수 있겠는가.

하지만 그것이 아니더라도 경뢰궁주로서는 태무랑과 단유천의 싸움에 도저히 끼어들 수가 없는 상황이다.

자신이 비록 부상을 입었으나 이런 절호의 기회에 단유천을 협공하면 태무랑을 도울 수 있고 단유천을 더 쉽게 제압할 수 있을 것이기 때문이다.

하지만 마음만 굴뚝이다. 두 사람이 워낙 근접한 거리에서 불꽃 튀는 접전을 벌이고 있는 바람에 경뢰궁주가 잘못 뛰어들었다가는 태무랑이 다칠 수도 있고, 경뢰궁주 자신이 다칠 수도 있는 상황이다.

그러므로 태무랑의 뜻대로 그저 한쪽에서 지켜보고 있는 수밖에 없다.

지금 태무랑은 전력을, 아니, 죽어도 후회하지 않을 정도로 사력을 다하고 있는 중이다.

불공대천지수가 눈앞에 있다. 어머니와 남동생을 굶어 죽게 만들고, 누이동생을 잃어버리게 만들었으며, 태무랑 자신에겐 말로 표현할 수 없을 만큼 참담한 고통을 안겨주었던 철천지원수가 손만 뻗으면, 아니, 염마도만 뻗으면 자를 수 있는 거리에 있는 것이다.

태무랑이 치떨리는 지옥에서 탈출한 이유가, 대파산에서 반년 동안 치열하게 무공 연마를 했던 이유가, 그리고 그가 살아서 숨 쉬고 있는 이유가 오로지 바로 이놈을 죽이기 위해서가 아니었던가.

태무랑에게서 뿜어져 나오는 공격은 평소의 그라면 절대로 전개할 수 없는 빠르기와 위력이 실려 있었다.

원한과 분노라는 원동력이 잠재되어 있는 그의 모든 공력과 오행지기를 한꺼번에 뿜어내고 있는 것이다.

카캉!

염마도와 검이 부딪치면서 불꽃이 섬전처럼 튀어나갔다.

"크흐흐……"

그 순간 단유천은 악마를 보았다. 태무랑의 두 눈에서 이글거리며 뿜어지는 새빨간 혈광과 상처 입은 맹수가 으르렁거리는 듯한 지독한 표정. 그리고 흰 이를 드러낸 채 잔인하기 짝이 없는 미소를 머금고 있는 그의 모습은 필경 악마에 다름 아니었다.

'이놈은 도대체 누구기에……'

그러면서도 단유천은 아직 태무랑이 누군지 추호도 알아보지 못했다.

지옥에서 항상 때에 쩐 옷에 피투성이 상처투성이 몰골을 하고 있었던 태무랑과 지금의 태무랑은 완전한 불일치를 이루고 있기 때문이다.

그가각—

염마도와 검이 맞붙은 상태에서 태무랑이 거칠게 밀어붙이자 단유천은 두 발이 바닥에 붙은 채 뒤로 밀렸다.

순간 태무랑의 눈에서 더욱 강렬한 혈광이 섬광처럼 뿜어지며 염마도가 검과 떨어져 위로 번쩍 쳐들어지면서 공격 자세를 취했다.

그걸 본 단유천의 눈이 기광을 발했다. 절호의 기회를 포착한 것이다.

무기가 맞붙은 상태에서는 먼저 무기를 떼는 자가 불리하다는 것은 상식이다.

더구나 무기를 떼고 공격을 한다는 것은 더욱 불리한 상황을 만들어내는 행동이다. 공격을 하려면 동작이 커야 하기 때문이다.

"아!"

싸움을 지켜보던 경뢰궁주는 너무 놀란 나머지 눈을 크게 뜨며 탄성을 터뜨렸다.

방금까지만 해도 태무랑과 단유천은 팽팽한 접전을 이루고 있었는데 어째서 태무랑이 갑자기 실수를 한 것인지 머릿속이 하얘졌다.

그녀의 놀라움은 단유천이 검을 그대로 태무랑의 심장을 향해 찔러갈 때 최고조에 달했다.

푹!

단유천의 검이 태무랑의 왼쪽 가슴 심장 한가운데를 정확하게 깊숙이 찔렀다.

검이 살과 뼈를 가르는 소리와 함께 검첨이 등 뒤로 세 뼘이나 튀어나왔다.

'이겼다!'

그와 함께 단유천은 안도의 표정을 지으며 팽팽했던 긴장이 풀리면서 온몸의 맥이 탁 풀렸다.

태무랑의 심장을 찔렀으니 그가 즉사한다는 사실은 너무도 자명한 일이다.

키이잉!

그런데 그 상황에서 태무랑이 머리 위로 높이 치켜들었던 염마도를 벼락같이 그어 내렸다.

얼마나 빠른 속도인지 염마도가 허공을 가르는 소리가 귀신의 울부짖음처럼 터졌다.

"……."

단유천은 눈을 부릅뜨고 입을 크게 벌리면서 불신의 표정으로 염마도를 쳐다보았다.

어떻게 인간이 심장을 검에 찔리고서도 폭발적인 위력으로 무기를 휘두를 수 있다는 말인가.

어쨌든 단유천으로서는 피해야만 한다. 그런데 너무 놀란 나머지 피할 기회를 놓쳐 버렸다.

일순 그는 발로 번개같이 태무랑의 복부를 걷어차며 그 반동으로 뒤로 튕겨 나갔다.

팍!

그는 가까스로 죽음을 모면했다. 염마도가 정수리를 세로로 쪼개는 것을 아슬아슬하게 피한 것이다.

"크으으……"

그러나 염마도를 완전히 피하지는 못했다. 염마도 도첨이 단유천의 얼굴을 그어버린 것이다.

그의 얼굴은 왼쪽 이마와 눈, 그리고 뺨까지 비스듬히 한 뼘이나 길게 그어져서 피가 철철 흘러내렸다.

얼굴에서 쏟아지는 피 때문에 앞이 잘 보이지 않았다.

그때 단유천의 발길질에 뒤로 밀려갔던 태무랑이 심장에 검을 깊숙이 꽂은 채 곧장 단유천에게 돌진해 갔다. 그러면서 흰 이를 드러내고 으스스하게 미소 지었다.

"크흐흐… 단유천, 네놈에게도 오늘 같은 날이 있구나!"

"너… 는 누구냐?"

단유천은 자세를 똑바로 하며 두 발로 버티고 서서 쌍장을 발출할 태세를 갖추고 소리쳤다.

지옥에서 태무랑은 단유천과 옥령에게 한 번도 말을 한 적이 없어서 목소리로는 상대를 알아볼 수가 없다.

단유천은 태무랑의 얼굴도 모르고 목소리도 모른다. 그저 낯선 인물일 뿐이다.

"핫핫핫! 내가 누구냐고?"

태무랑은 쏘아가면서 쩌렁쩌렁한 웃음을 터뜨리며 염마도를 치켜들었다.

단유천은 태무랑이 삼 장까지 쇄도하면서 염마도를 치켜들자 전력을 다해서 쌍장을 발출했다.

휘우웅!

부상을 입은 데다 막바지에 몰린 상황이기 때문에 십성 이상 십이성의 공력이 쌍장으로 뿜어졌다. 만 근 거암(巨巖)을 쪼개는 위력의 장력이다.

태무랑이 도대체 무슨 귀신이 곡할 사술로 검을 심장에 꽂히고서도 끄떡없는지는 몰라도, 이 장력이라면 온몸이 갈가리 찢어지고 말 터이다. 그런 상황에서도 수십 조각의 육편(肉片)들이 살아서 공격할 것이라고는 단유천은 절대 믿지 않았다.

쿠오오—!

단유천과 싸우다 209

태무랑이 두 손으로 잡은 염마도를 이 장 전면의 단유천을 향해 맹렬하게 그어 내렸다.

　단유천이 보기에는 염마도로는 도저히 거리가 미치지 않는데도 태무랑이 장력을 막으려고 급한 나머지 황급히 취한 행동 같았다.

　대저 도검 같은 무기로는 장풍을 막을 수가 없다. 형체가 있는 것으로 어찌 형체가 없는 것을 막을 수 있겠는가.

　단유천은 붉게 충혈 된 한쪽 눈으로 태무랑을 쏘아보며 호통을 쳤다.

　"이제 네놈은 끝이다!"

　그는 자신이 얼마나 다쳤는가보다는 이 악마 같고 괴물 같은 놈을 죽일 수 있다는 사실이 너무도 통쾌했다.

　그 순간 염마도가 단유천이 발출한 장력을 쪼갰다.

　쩌억—

　넓적한 물체로 잔잔한 수면을 힘껏 때린 듯한 파공음이 허공을 떨어 울렸다.

　그리고 염마도와 장력이 충돌한 곳에서 오색 무지개 같은 기류가 피어오르는 듯하며 사방으로 흩어졌다.

　태무랑은 양 어깨를 심하게 흔들면서 뒤로 주르르 밀려갔다.

　그와 함께 단유천도 두 팔이 부러지는 듯한 통증을 느끼며

뛰듯이 뒤로 마구 뒷걸음질치며 물러났다.

'이… 이게……'

장력을 일개 쇠붙이인 도가 막아냈다. 더구나 단유천에게 강력한 충격을 안기면서 이 장여나 물러나게 만들었다.

그렇다는 것은, 태무랑이 염마도를 통해서 공력을 발출했다는 뜻이다.

그런 상황을 무공에서는 도기(刀氣)라고 한다. 하지만 단유천은 사부 환우천제 화명군이 검기를 발출하는 것은 봤어도 다른 사람의 것은 본 적도 들은 적도 없었다.

그때 태무랑이 심장에 꽂힌 검을 뽑아 한쪽으로 내던지면서 단유천을 향해 저돌적으로 짓쳐오기 시작했다.

움찔 놀란 단유천은 급히 주위에 떨어져 있는 검 한 자루를 집어 들었다.

'저놈이 대체 누구란 말인가……'

검을 움켜쥐고 태무랑을 쏘아보며 그는 눈을 한껏 좁혔다.

조금 전에 베인 왼쪽 눈은 떠지지가 않았다. 피 때문인지 장님이 된 것인지는 알 수가 없다.

태무랑이 하는 말로 미루어 그는 단유천을 알고 있는 것이 분명했다.

아니, 알고 있을 정도가 아니라 굉장한 원한을 품고 있는 것이 분명했다.

그런데도 단유천은 태무랑에 대해서 그 어떤 실마리도 찾아낼 수가 없어서 머리가 지끈거렸다.

단유천은 사부로부터 총단주의 지위를 하사받아 신천회를 토벌하러 나온 이후 연전연승을 기록 중이었다.

그리고 태무랑이 나타나기 전까지만 해도 이 배의 모든 살아 있는 것들을 차근차근 몰살시키고 있었다.

하지만 태무랑이 나타남으로 인해서 한순간에 엉망이 돼 버리고 말았다.

설혹 이 배를 잿더미로 만들고 적을 모조리 몰살시킨다고 해도 단유천 자신이 죽어버리면 무슨 소용이라는 말인가.

그는 태어나서 처음으로 지금 이 순간 죽음이라는 것을 생각했다.

자신이 죽는다는 것은 한 번도, 그리고 한순간도 생각해 본 적이 없었다.

그러므로 죽음이란 언제나 타인의 것이었고 먼 곳의 일이었다. 누구나 그렇듯이 그는 자신이 영원히 천년만년 살 것이라고 생각했었다.

그러나 그는 지금 깨달았다. 자신은 영원히 살지도 못할 것이며, 죽음은 항상 자신의 곁에서 만반의 준비하고 있다는 사실을.

그리고 설혹 지금 이 자리에서는 죽지 않는다고 해도, 인간의 삶이란 지극히 유한(有限)해서 채 백 년도 살지 못한다는 진리를 깨달은 것이다.

단유천은 태무랑이 삼 장 거리를 쏘아오는 아주 짧은 동안에 실로 많은 생각이 머릿속을 오고 갔다.

그러나 그 오만가지 잡념의 끝은 냉엄한 승부의 현실로 돌아오는 것이었다.

한순간 머릿속이 매우 맑아지면서 현재의 상황이 일목요연하게 정리되었다.

그는 방금 전 자신의 쌍장과 태무랑의 도기가 격돌했을 때 그가 뒤로 꽤 많이 물러났던 것을 기억해 냈다. 공력이라면 어느 누구에게도 뒤지지 않는 단유천이다.

그는 자신이 공력 면에서 태무랑보다 우위에 있다는 사실을 확신했다.

'그것으로 승부를 내겠다!'

타앗!

단유천은 돌연 바닥을 박차고 태무랑을 향해 정면으로 마주 부딪쳐 갔다.

우지직!

그때 근처의 불타는 기둥 하나가 쏘아가는 단유천 앞으로 묵직하게 쓰러졌다.

쿵!

기둥이 육중하게 바닥에 쓰러지면서 둘 사이의 시야를 찰나지간 가리고 있을 때 돌연 단유천은 기지를 발휘하여 번쩍 허공으로 비스듬히 쏘아 올랐다.

'걸렸다!'

그는 여전히 아래쪽에서 쏘아오고 있는 태무랑을 발견하고 회심의 미소를 짓는 것과 동시에 전력으로 왼손 일장을 발출했다.

위이잉!

그 순간 태무랑이 급히 위를 올려다보면서 염마도에 공력을 실어 아래에서 위로 그어 올렸다.

'늦었다, 이놈.'

꽈릉!

폭음이 터지면서 단유천은 위로 일 장쯤 튕겨져 솟구쳤다.

반면에 태무랑은 두 발이 무릎까지 갑판 바닥을 뚫고 아래로 쑤셔 박혔다.

태무랑은 발을 빼려고 솟구치려 했으나 어느새 단유천이 하강하면서 재차 일장을 발출하고 있었다.

위잉!

지금 상황에서는 조금이라도 무게가 나가는 염마도보다는 태무랑도 같은 육장(肉掌)으로 장력을 발출하여 대항하는 수밖에는 도리가 없다.

그는 재빨리 염마도를 내리면서 왼손으로 오행지기의 화기, 즉 극양지기를 뿜어냈다.

 화우웅!

 흐릿한 붉은 기운이 그의 장심에서 뿜어지는가 싶더니 일 장쯤 솟구치면서 거센 불기둥으로 바뀌었다.

 화르릉!

 '우웃! 뭐, 뭐야!'

 단유천은 움찔 놀라는 바람에 하마터면 끌어올렸던 공력이 흩어질 뻔했다.

 퍼펑!

 두 줄기 전혀 다른 장력이 다시 한 번 충돌했다.

 화아악!

 '우웃!'

 거센 불길이 온몸을 휩쓸자 단유천은 급히 공력을 발출하여 불길이 흩어지게 하고는 곧장 아래로 쏘아갔다. 태무랑이 갑판 속에 더 깊이 박혔을 것이라 짐작하고 기선을 제압하기 위해서다.

 그의 예상대로 태무랑은 허벅지까지 갑판 속에 처박힌 상태가 됐다.

 쐐액!

 그 순간 단유천의 검이 그의 정수리를 노리고 매의 발톱처럼 내리꽂혀왔다.

태무랑은 위로 불쑥 솟구치면서 염마도를 쳐들어 막았다.

쩌겅!

공력이 실린 도검끼리 부딪치며 묵직한 쇳소리가 터졌다.

태무랑은 아래로 더 처박히려는 것을 공력을 끌어 올려 재빨리 빠져나와 갑판으로 올라섰다.

그 순간 방금 격돌로 조금 위로 튕겨 올라갔던 단유천이 빙글 허공에서 회전하면서 그 여력으로 발뒤꿈치에 공력을 실어 태무랑의 얼굴 정면을 짓이겼다.

뿌악!

순간 태무랑의 코뼈가 부러지고 이빨이 모조리 부러져 나가면서 얼굴 한복판이 안쪽으로 움푹 함몰했다.

그와 동시에 지독한 고통이 엄습했다. 하지만 고통은 그에게는 너무나 익숙한 친구 같은 놈이다.

역설적이게도 오랫동안 잊고 있었던 고통이 오히려 그에게 안도감을 느끼게 해주었다.

태무랑은 머리와 상체가 뒤로 확 젖혀진 채 뒤로 쏜살같이 날아갔다.

우지끈!

뒤이어 불타고 있는 전각의 불구덩이 속으로 화살처럼 처박혔다.

"안 돼!"

한쪽에 서 있던 경뢰궁주가 다급하게 외쳤다. 그녀는 뜻밖에도 태무랑과 단유천이 백중지세로 싸우는 것을 보고 매우 놀랐었다.

아무리 태무랑이라고 해도 단유천의 상대는 되지 못할 것이라는 예상을 완전히 뒤엎은 것이다.

그래서 어쩌면 가까운 곳의 철화천궁 고수들이 도와주러 올 때까지 버틸 수 있을지도 모른다는 희망을 품었다.

그런데 잘 싸우던 태무랑이 한순간에 얼굴이 짓이겨진 채 불구덩이 속에 처박히자 망연자실하고 말았다.

第四十五章
생사대결(生死對決)

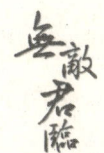

콰아아—

태무랑이 처박힌 전각은 너무도 맹렬하게 불타고 있어서 사오 장 거리에 멀찍이 떨어져 있어도 익어버릴 것 같은 뜨거운 열기가 느껴졌다.

단유천은 우뚝 서서 가볍게 어깨를 들먹이면서 거친 숨을 몰아쉬며 묵묵히 불길을 주시했다.

얼굴이 짓이겨진 상태에서 저런 불구덩이에 처박혔으면 누구라도 절대 살아 나올 수가 없다. 단유천은 어렵게 신승(辛勝)을 거둔 것이다.

그러나 단유천의 얼굴에는 승리의 기쁨이나 우쭐거림은 떠올라 있지 않았다.

태무랑이 누군지에 대한 의문과 까딱했으면 단유천 자신이 죽을 수도 있었다는 안도감 때문에 그는 등줄기에서 식은땀이 흐르는 것을 느꼈다.

단유천에게서 삼 장쯤 떨어진 곳에서 경뢰궁주도 태무랑이 처박힌 불구덩이를 망연자실 바라보고 있었다.

두 사람은 워낙 큰 충격 때문에 싸워야 하는 것도 잠시 잊고 있는 듯했다.

후우우―

그런데 그때 두 사람의 눈앞에서 기이한 일이 일어났다. 태무랑이 처박힌 전각의 불길이 갑자기 빠른 속도로 기세가 약해지기 시작했다.

그 광경을 주시하는 단유천의 얼굴에 갑자기 이유를 알 수 없는 불길함이 깔렸다.

태무랑은 심장에 정통으로 검이 찔리고서도 죽지 않았었다. 그리고 그가 보여준 무위와 여러 기행은 단유천의 상상을 초월하는 기상천외한 것들이었다.

그러므로 지금 불길이 급속도로 약해지고 있는 것이 혹시 태무랑이 뭔가 또 다른 기상천외함을 만들어내는 전조가 아닐까 의심이 드는 것은 당연했다.

후아아아—

불길이 잦아드는 것이 아니다. 원래 불길이란 밖으로 그리고 위로 솟구치게 마련인데, 어찌 된 일인지 전각의 불길이 안쪽으로 빨려들고 있었다.

그것은 마치 불길 안쪽 깊숙한 곳에 맹렬하고도 거대한 소용돌이가 휘몰아치고 있어서 불길을 빨아들이는 듯한 광경이었다.

불길이 빠르게 꺼져감에 따라서 단유천의 얼굴이 일그러지기 시작했다. 불길함이 현실이 되어가고 있는 것이 생생하게 느껴졌다. 그래서 만에 하나, 태무랑이 저 불길 속에서 살아 나온다면, 단유천은 절대로 그를 죽이지 못할 것이라는 생각마저 들었다.

후아아악!

좁은 구멍으로 거대한 바람이 통과하는 듯한 파열음이 터지면서 마침내 불길이 완전히 사라져 버렸다.

그런데 그뿐만이 아니다.

스스스으으…….

방금까지만 해도 시뻘건 화염에 휩싸였던 전각이 불이 완전히 소멸된 직후에 기이한 음향이 흐르면서 허연 서리가 뒤덮이기 시작했다.

'저게 무슨…….'

단유천은 자신의 눈으로 보고 있으면서도 믿어지지 않는 표정을 지었다.

쩌쩡—

잠시 후 오층 전각 전체가 꽁꽁 얼어버렸다. 지붕과 처마에는 굵고 긴 고드름들이 주렁주렁 매달렸다. 조금 전까지만 해도 맹렬하게 불타던 전각이 지금은 북해 한복판에 있는 것처럼 얼어붙어 버리고 만 것이다.

어느덧 전각 주위에서의 싸움은 멈춰 있었다. 피아를 막론하고 모두들 이 해괴하고도 신비한 광경을 보면서 놀라움을 금치 못했다.

저벅저벅…….

그리고 그때 전각 일층 안쪽에서 얼음 바닥을 울리는 묵직한 발걸음 소리가 흘러나왔다.

단유천은 반사적으로 그것이 태무랑의 발걸음 소리라고 생각했다.

머릿속 한쪽에서는 현실에서 이런 일은 절대로 일어날 리가 없다고 생각하면서도, 또 다른 한쪽에서는 그 일을 괴물 같은 태무랑이 했을 것이라는 확신이 들었다.

경뢰궁주는 경악하면서도 조마조마한 표정으로 전각의 일층 발걸음 소리가 들려오는 곳을 바라보았다.

그녀는 이 싸움의 승패를 잠시 망각한 채 자신의 눈앞에서 벌어지고 있는 엄청난 사건, 아니, 기적에 온통 정신을 뺏겨 버렸다.

저벅저벅…….

이윽고 발걸음 소리와 함께 전각 일층에서 하나의 물체가 걸어나왔다.

그러나 그것은 태무랑이 아니었다. 놀랍게도 사람의 형상을 하고 있는 하나의 얼음덩어리였다.

저벅저벅…….

얼음덩어리는 곧장 단유천을 향해 걸어왔다. 걸음을 옮기는 중에 얼음이 조각으로 부서지며 뚝뚝 떨어져 나갔다. 그리고는 마침내 한 사람의 모습이 완연히 드러났다.

태무랑이다.

단유천의 불길함이 적중했고, 경뢰궁주의 소망이 이루어지는 순간이다.

"아……."

경뢰궁주를 비롯한 여기저기에서 탄성이 터져 나왔다.

그러나 단유천만큼 놀라는 사람은 없다. 그는 얼굴 가득 귀신을 본 듯 혼비백산한 표정을 가득 떠올린 채 태무랑을 뚫어지게 주시하고 있었다.

태무랑의 얼굴은 긁힌 상처 하나 없이 말끔했다. 조금 전에 단유천이 전 공력을 실어 발뒤꿈치로 그의 얼굴을 짓이겼을 때 코뼈가 부러지고 이빨이 모조리 부러졌으며 얼굴 한복판이 움푹 함몰됐었다.

그런데 지금 태무랑의 얼굴은 언제 그런 일이 있었느냐는 듯 너무도 깨끗했다.

단유천은 태무랑이 도저히 인간이라고 여겨지지 않았다. 어찌 죽이고 또 죽여도 계속 살아나는 것을 인간이라고 할 수 있겠는가.

현실에서는 그런 것을 괴물이라고 말한다.

저벅저벅…….

단유천을 향해 묵직하게, 그리고 천천히 걸어가는 태무랑의 발걸음 소리만 자늑자늑 바닥을 울릴 뿐 주위는 쥐 죽은 듯이 조용했다.

뚝.

태무랑은 단유천 다섯 걸음 앞에서 멈추었다.

단유천은 본능적으로 모든 공력을 끌어올리고 오른손의 검을 힘껏 움켜잡았다.

그리고는 자신도 모르게 마른침을 꿀꺽 삼켰다. 지금 같은 상황에서 긴장하지 않는 사람은 없을 것이다.

그의 시선이 태무랑의 깨끗한 얼굴에서 왼쪽 가슴 심장으로 옮겨졌다.

설마 하는 마음이었으나 심장 부위를 덮은 옷이 조금 찢어져 있을 뿐 그 구멍으로 보이는 맨살이 말짱한 것을 보고 단유천은 눈을 부릅떴다.

조금 전에 등 뒤로 검첨이 튀어나오도록 찔렀는데 흔적조차 없이 깨끗한 것이다.

경악과 불신, 그리고 두려움이 머리와 가슴, 온몸으로 밀려들었다.

"넌 누구냐?"

하늘 아래 무서울 것이라곤 없었던 단유천의 목소리가 가늘게 떨렸다.

무표정하던 태무랑의 얼굴이 조금씩 일그러지기 시작하더니 포효하는 맹수의 모습으로 변했고 두 눈에서 이글이글 혈광이 뿜어졌다.

"나는 일 년여 전에 너의 무완롱이었다."

씹어뱉듯이 튀어나온 말.

"무완롱?"

순간 폭풍 같은 충격이 단유천을 휩쓸었다. '무완롱'이라는 말을 듣자마자 한 사람, 아니, 벌레 한 마리의 모습이 그의 뇌리를 가득 채웠다.

"흑풍창기병!"

태무랑의 입가에 푸석푸석하면서 냉혹한 미소가 매달렸다.

"후후후… 오랜만이다, 단유천."

"정말… 흑풍창기병이로구나……!"

얼굴도 목소리도 모르는 상태로 반년여 동안 실컷 갖고 놀았던 잃어버린 장난감 무완룡이 제 발로 단유천 면전에 나타났다.

단유천은 반가움 따윈 추호도 느끼지 못했다. 단지 하나의 거대한 운명이 자신에게 성큼 다가서는 것을 느끼고 가슴이 먹먹해졌다.

반년쯤 전에 그는 흑풍창기병이 살아 있다는 보고를 받고 뛸 듯이 기뻐했었다.

그것은 곧 금강불괴지신계획이 성공했거나 그럴 가능성이 높다는 사실을 입증하는 것이기 때문이다.

흑풍창기병이 적안혈귀라는 별호로 무극신련에 여러 차례 피해를 입혔어도 전혀 개의치 않았다. 오히려 그가 살아났을 뿐만 아니라 놀라운 무위를 발휘하고 있다는 사실이 신기하고도 기특했었다.

그 당시 단유천의 머릿속에는 금강불괴지신계획만 가득 들어차 있었다.

그와 옥령이 장차 금강불괴지신이 된다는 것은 천하제일인이 된다는 것이나 다름이 없다. 즉, 천상천하유아독존이 되는 것이다.

그 당시로서는 적안혈귀를 찾아내기만 하면 단유천 자신과 옥령이 금강불괴지신이 되는 것은 시간문제일 것이라고 생각했었다.

그래서 적안혈귀를 찾아내는 일에 모든 명운을 걸고 총력을 기울였다.

그리고 현재 그 일 때문에 옥령이 무극신련 총본련을 떠나 있는 상태다.

그런데 그토록 혈안이 돼서 찾아 헤매던 적안혈귀가 느닷없이 단유천 앞에 나타났다.

하지만 단유천이 기대했던 모습이 아니다. 적안혈귀는 나타났으되 금강불괴지신계획하고는 전혀 다른 운명을 이끌고 들이닥쳤다.

단유천의 생각은 옳았다. 지금껏 적안혈귀가 보여준 여러 신기한 행동으로 봤을 때 그는, 아니, 그의 몸은 금강불괴가 진행되고 있는 단계가 분명했다.

하지만 단유천은 그것에 대한 탐욕을 느끼기에 앞서 두려움을 느끼고 있다.

눈앞에 운명처럼 버티고 서 있는 자는 일 년여 전의 벌레 같은 무완룡이 아니라 반쯤 금강불괴지신이 돼버린 괴물 적안혈귀인 것이다.

그러므로 지금 단유천이 처한 당면과제는 어떻게 해서 적안혈귀를 제압해서 금강불괴지신의 비밀을 풀어내는 것이 아니다. 어떻게 해야지만 살아서 이 자리를 벗어날 수 있느냐는 것이다. 그는 현실을 정확하게 직시했다.

어느 정도 마음을 가라앉힌 단유천은 태무랑을 주시하며 신음처럼 중얼거렸다.

"흑풍창기병. 정말 살아 있었구나."

태무랑이 질긴 고기를 씹듯이 이를 갈았다.

"네놈과 옥령을 죽이기 위해서는 죽을 수 없었다."

단유천은 허탈한 표정을 지었다.

"나를 미워하느냐?"

"미워하느냐고?"

문득 태무랑의 눈앞에 선하기만 한 어머니와 남동생, 누이동생의 모습이 아른거렸다.

"너를 미워하느냐고 물었느냐?"

단유천은 자못 진심 어린 표정을 지었다.

"지난날 네게 했던 행동에 대해서는 미안하게 생각한다."

"미안하게 생각한다?"

단유천은 태무랑의 마음을 풀어줄 좀 더 적당한 말을 찾아내기 위해서 잠시 침묵을 지켰다.

"그 당시에 네가 고생을 하긴 했지만 어쨌든 지금은 살아 있지 않느냐? 더구나 나에 필적할 정도로 고강해졌으니 전화

위복이다. 그것으로 위안을 삼아라."

단유천 자신이 생각해도 꽤 적당한 말인 듯했다.

"그동안 너는 본련에 많은 피해를 입혔다. 그것으로 분이 풀리지 않았느냐? 또한 보상을 원한다면 무엇이든 들어주겠다. 말해봐라."

그는 시간이 지남에 따라서 차츰 두려움이 사라지는 대신 탐욕이 되살아나 태무랑을 제압할 궁리를 하기 시작했다. 옛말에도 꿩 잡는 게 매라고 했다. 무슨 수를 써서라도 목적을 이루기만 하면 되지 않겠는가.

경뢰궁주는 눈도 깜빡이지 않고 뚫어지게 주시하며 두 사람의 대화를 듣고 있었다.

그녀는 그들의 대화에서 그들 간에 얽힌 복잡한 악연을 조금쯤은 짐작할 수 있게 되었다.

슥—

태무랑은 오른손에 쥐고 있는 염마도를 천천히 들어 올려 단유천을 가리켰다.

"내가 원하는 것은 네놈과 옥령, 단금맹우의 목이다. 내놓겠느냐?"

단유천은 슬쩍 눈살을 찌푸렸다.

"심하지 않느냐?"

"그렇다면 한 가지 방법을 더 가르쳐 주겠다."

"말해봐라."

"나를 기다리다가 굶어 죽은 내 어머니와 남동생을 살려내라. 그럼 너희에게 당한 내 고통쯤은 잊어주겠다."

"……."

단유천의 얼굴이 돌덩이처럼 굳어졌다. 설마 그런 일이 있었을 줄은 예상하지 못했었다.

그래서 그는 더 이상 평화로운 방법이 태무랑에게 통하지 않는다고 판단했다.

대저 어떤 미친놈이 자신의 어머니와 남동생을 죽인 자와 타협을 하겠는가.

조금 전까지 무슨 수를 써서라도 태무랑을 구워삶으려고 궁리했던 단유천은 다시 원점으로 돌아갔다. 이제는 당면한 현실, 어떻게 살아서 이 배를 빠져나가느냐에 대해서 골몰해야만 한다.

태무랑이 바닥을 향하고 있던 염마도를 느릿하게 들어 올리면서 이를 갈듯 중얼거렸다.

"너와 옥령을 죽일 수만 있다면 나는 어떤 대가라도 치를 수 있다."

타앗!

순간 그는 말을 마치자마자 곧장 단유천을 향해 무서운 속도로 짓쳐왔다.

단유천은 태무랑의 공격에 대비하여 만반의 준비를 하고 있었으나 막상 그가 돌진해 오자 극도의 긴장감 때문이 몸이 뻣뻣하게 굳었다.

공력 면에서, 그리고 정면대결에서는 단유천이 반 수 정도 우세했다.

하지만 싸움은 공력과 정면대결만으로 하는 것이 아니다. 가지고 있는 모든 수단과 방법이 동원된다. 위기에 처하면 물어뜯고 할퀴는 것조차 방법이 될 수 있다.

태무랑은 단유천으로서는 상상조차 하지 못할 여러 기괴한 수법들을 발휘했다.

그중에서도 단유천을 꼼짝 못하게 만드는 것이 오행지기다.

장력과 장력으로 맞대결을 하면 단유천이 오히려 우위다.

하지만 오행지기는 불과 얼음을 만들어낸다. 더구나 금기(金氣)는 무형(無形)이면서도 지독하게 단단해서 단유천이 발출한 장력을 뚫고 거슬러 쏘아온다.

불과 얼음, 금기를 막아내기 위해서 단유천은 사력을 다해서 장력을 발출하거나 아니면 피해야만 했다.

또한 태무랑은 초식 면에서 단유천을 압도했다. 무엇보다도 태무랑이 전개하는 염마도법은 공력에서의 열세를 보완하고도 남음이 있었다.

째째째쨍!

염마도와 검이 연이어 부딪치며 불꽃을 피워냈다.

태무랑이 불구덩이 속에서 걸어나온 이후에 다시 시작된 싸움이 한 시진을 경과하고 있으나 여전히 승부가 나지 않고 있다.

단유천은 차츰 지쳐 가며 동작이 눈에 띄게 둔해지고 있지만 태무랑은 끄떡도 하지 않았다. 한 시진이 지난 현재 미세하게 태무랑이 우위를 차지하기 시작했다. 단유천이 지치고 있기 때문이다.

두 사람이 싸우는 주위는 온통 피가 번져 있다. 그들이 서로를 찌르고 베어서 흘린 피다.

하지만 상처가 고스란히 남아 있는 것은 단유천뿐이다. 태무랑은 아무리 심한 상처를 입어도 약간의 시간이 흐르면 상처가 씻은 듯이 사라져 버린다.

금강불괴지신이 절반쯤 성공한 덕분이다. 단유천은 자신이 저지른 일 때문에 죽음에 직면하게 됐다는 사실을 떨쳐 버리기가 어려웠다.

그런 점에서 단유천은 매우 불리했다. 그는 이미 온몸 열여섯 군데에 상처를 입었다. 치명적이지는 않지만, 계속 피를 흘리고 있어서 그대로 놔둔다면 피를 과다하게 흘려서 주저앉고 말 것이다.

뭔가 당장 기발한 수를 궁리해 내지 않으면 단유천은 이 괴물 같은 놈에게 난도질당하고 말 것이 분명하다.

째앵!

또 다시 단유천의 검이 부러져 나갔다. 벌써 여덟 자루째 당하는 일이다.

맨손으로 싸우는 것은 절대적으로 불리하기 때문에 검이 한 번 부러질 때마다 태무랑의 염마도를 피해 몸을 날려 다른 검을 집어야만 했다.

하지만 그때마다 위험한 고비를 넘겨야 했으며, 때로는 간발의 차이로 목숨을 건지기도 했다.

그렇지만 그때마다 여기저기 찔리고 베이면서 뼈아픈 대가를 치러야만 했다.

검이 부러지는 순간 단유천은 태무랑에게 벼락같이 일장을 발출하면서 그에게서 시선을 떼지 않은 채 갑자기 뒤로 미끄러지듯이 물러났다. 조금 전에 봐두었던 바닥에 떨어져 있는 다른 검을 잡기 위해서다.

역시 예상했던 대로 태무랑이 따라오다가 장력을 피하느라 상체를 비틀었다.

척!

단유천은 번개같이 몸을 날려 바닥의 검을 집자마자 태무랑을 공격해 갔다.

키우웅!

그러나 그보다 빨리 태무랑의 염마도가 목을 베어왔다. 아니, 이미 한 자 앞까지 쇄도하고 있다. 지금까지 그랬듯이 바닥의 검을 집을 때면 목숨을 걸어야만 한다.

파앗!

단유천은 앞으로 쏘아가던 신형을 급히 멈추는 것과 동시에 뒤로 미끄러졌다. 마치 처음부터 검을 집자마자 뒤로 미끄러졌던 것처럼 신속한 대응이다.

태무랑이 정면에서 염마도를 떨치면서 돌진해 오고 있다. 여태까지와 다름이 없는 양상이다. 이럴 때는 뒤로 물러나다가 기회를 봐서 반격을 가해야 한다.

그러면서 되도록 검이 염마도하고 맞부딪치지 않도록 해야 한다. 몇 차례 부딪치거나 강하게 부딪치면 여지없이 부러져 버린다.

지금껏 계속 염마도에 검을 부딪치지 말아야 한다고 생각하면서도 뜻대로 되지 않았다. 염마도를 피하지 못할 때는 부딪칠 수밖에 도리가 없다.

꽈르릉!

염마도가 재차 떨쳐지면서 뇌성벽력성이 터졌다. 무슨 초식인지는 알 수 없으나 태무랑이 전개하는 세 가지 초식은 하나같이 소름이 끼칠 정도로 가공한 위력을 지녔다.

특히 뇌성벽력성을 터뜨리는 이번 초식은 단유천을 극도로 긴장시켰다.

'빌어먹을……'

피할 데가 없다. 아니, 공력이 많이 허비돼서 동작이 느려졌기 때문이다. 또다시 검으로 막을 수밖에 없는 상황이 돼버렸다.

당하지 않으려면 전력을 다해서 막아야 한다. 더구나 뇌성벽력성이 터지는 이 공격은 한꺼번에 다섯 군데를 공격한다. 그것을 동시에 막아야 하는 것이다.

채채채챙!

아홉 번째 검이 부러졌다. 그나마 다행인 것은 다섯 개의 공격을 다 막고 부러졌다는 사실이다.

그러나 이번에 단유천은 아까처럼 황급히 몸을 날려서 피하지 않았다.

이런 상황에 대비해서 끌어올렸던 공력을 쌍장에 모으고 지척에 있는 태무랑을 향해 전력으로 발출했다.

역시 태무랑은 단유천의 검이 부러지는 순간을 노려 염마도로 초식을 전개했으나 단유천의 쌍장이 더 빨랐다.

퍽!

짧고 강한 음향이 터졌다. 그러나 그것은 단유천의 쌍장이 태무랑의 몸에 적중되기 전에 터진 음향이다.

그리고 오히려 쌍장을 발출한 단유천의 가슴 한복판에서 분수처럼 피가 푹 뿜어졌다.

태무랑은 조금 전 아홉 번째 검을 부러뜨리기 직전 암암리에 오행지기를 운용하여 강물에서 수기(水氣)를 뽑아 올려 단유천의 등을 공격했었다.

치열하게 싸우는 도중에 다른 행위를 하는 것은 위험한 일이지만 그렇게 해서라도 반드시 단유천을 제압하고 싶었기 때문이다.

쩍!

하지만 단유천이 수기에 적중된 직후에 그가 발출한 쌍장이 태무랑의 가슴을 거세게 두들겼다.

염마도가 단유천의 정수리 위 한 자 거리에 이르렀을 때 태무랑은 쏜살같이 뒤로 튕겨 날아갔다.

그러나 그는 삼 장쯤 날아갔다가 발끝으로 바닥을 딛고 벼락같이 단유천을 향해 재차 돌진해 갔다. 단유천은 가슴 한복판을 수기에 적중당했기 때문에 지금이야말로 제압할 절호의 기회다.

단유천은 재빨리 자신의 가슴을 굽어보았다. 가슴 한가운데 손가락만 한 구멍이 뻥 뚫려서 핏물이 쏘는 듯이 뿜어지고 있었다.

급히 고개를 들어 앞을 보니 태무랑이 염마도를 치켜든 채 저돌적으로 쇄도해 오고 있었다.

탓!

순간 단유천은 전력을 다해서 신형을 날렸다. 그런데 그가 쏘아간 방향은 강 쪽이었다.

그는 뱃전을 날아 넘더니 쏜살같이 아래로 하강했다. 그가 방금 전에 태무랑에게 쌍장을 발출한 것은 탈출을 하기 위한 시간을 벌려는 의도였다.

태무랑은 움찔 놀랐다. 단유천이 도망칠 줄은 조금도 예상하지 못했었다.

이제 곧 놈의 목을 벨 수 있다고 생각한 순간에 느닷없이 벌어진 일이다.

태무랑이 뱃전으로 전력을 다해서 쏘아가고 있을 때 뱃전 아래 강물에서 물 튀는 소리가 들렸다.

뱃전에 도착한 그는 급히 아래를 내려다봤으나 방금 큰 물체가 뛰어들었다는 것을 증명하듯이 커다란 파문만 퍼져 나가고 있을 뿐 단유천의 모습은 보이지 않았다.

"이 자식!"

그는 이를 갈며 뱃전 밖으로 몸을 날렸다.

촤악!

물보라를 튀기며 물속에 잠수할 때까지도 그는 자신이 헤엄을 못 친다는 사실을 깨닫지 못했다. 무공이 높은 것과 헤엄치기는 전혀 상관이 없었다.

태무랑은 끝내 단유천을 놓치고 말았다. 놓칠 수밖에 없는 상황이었다.

물에 빠져서 계속 가라앉고 있는 그를 경뢰궁주가 겨우 구해주었으니까 말이다.

그는 단유천이 수기로 가슴을 관통당하는 정도로 죽을 것이라고는 생각하지 않았다. 단유천처럼 악독한 놈은 원래 명줄이 긴 편이다.

그는 물에 흠뻑 젖은 채 경뢰궁주 품에 안겨 갑판에 내려섰다. 아니, 내려놓자마자 퍼질러 앉아 물속에 가라앉으면서 마셨던 강물을 토해냈다.

경뢰궁주는 그의 옆에 다소곳이 앉아서 부드럽게 등을 두드려 주었다.

다 토하고 난 태무랑은 고개를 들었다. 시뻘겋게 충혈 된 눈에는 단유천을 죽이지 못했다는 회한이 가득 찼다.

그는 천천히 주위를 둘러보았다. 그즈음에는 철화거선을 중심으로 전혀 새로운 상황이 벌어지고 있었다.

우두머리를 잃은 무극신련 고수들이 철화거선에서 탈출하

기 위해서 사방으로 도망치고 있었고, 그들을 태우려고 무극신련의 배들이 벌 떼처럼 몰려들었다.

하지만 그때 불타고 있는 철화거선 양쪽으로 또 다른 거대한 철화거선 두 척이 가까이 다가오고 있었다. 두 척의 철화거선에는 습격 소식을 듣고 지원하러 급히 달려온 철화천궁의 고수들이 대거 타고 있었다.

두 척, 아니, 불타고 있는 배까지 세 척의 철화거선의 고수 즉, 철화고수 이천여 명은 그때부터 무극신련 고수, 즉 무극고수들과 새로운 싸움이 시작되었다.

무극고수들은 칠백여 명 정도가 살아남은 상황이다. 이천 대 칠백의 싸움은 싸움이 아니다. 도륙이다.

"이제 괜찮으세요?"

주위를 둘러보던 태무랑은 경뢰궁주의 말에 그녀를 쳐다보았다.

툭.

무언가 그의 입에 닿았다.

"아!"

경뢰궁주는 깜짝 놀랐다. 아까 단유천에게 앞섶을 가로로 베인 후에 드러난 젖가슴을 옷으로 여미고 있었는데 그것이 드러나 태무랑의 입에 닿은 것이다.

더구나 그의 입술에 닿은 것은 딸기빛으로 물든 조그많게

솟은 유두였다.

또르르…….

젖가슴에 베어진 상처에서 핏물 한 방울이 흘러 태무랑의 윗입술로 떨어졌다.

경뢰궁주는 얼굴을 붉히며 급히 옷으로 가슴을 여몄다.

그러나 태무랑은 벌떡 일어나 염마도를 움켜쥐고 싸움터로 쏘아갔다.

단유천을 죽이지 못한 분풀이를 무극고수들에게 퍼부으려는 생각에서다.

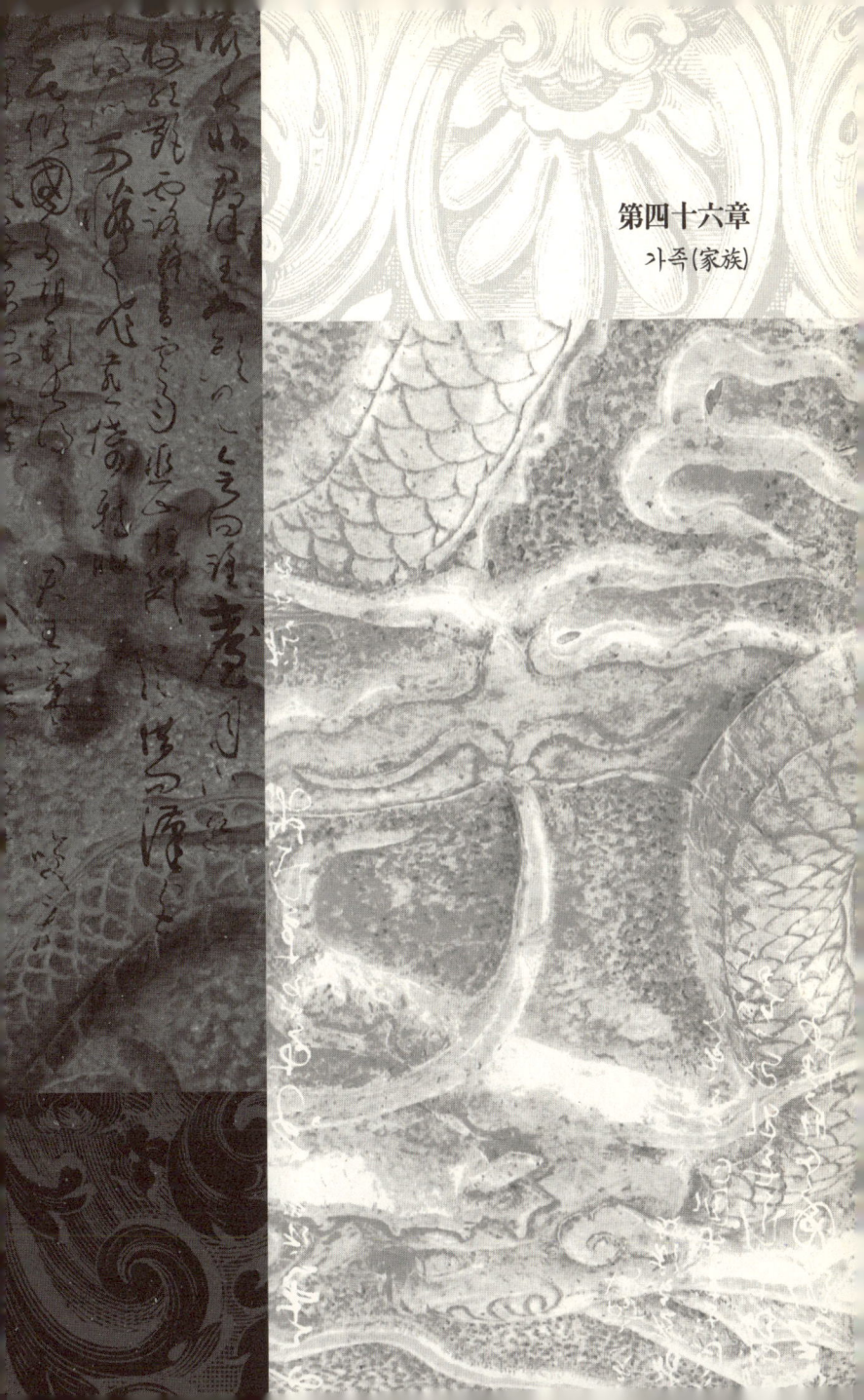

第四十六章

가족(家族)

철화천궁 남경지부.

화려한 접객실 안 흑단목 탁자를 사이에 두고 네 사람이 마주 보고 앉아 있다.

태무랑과 수월화가 나란히 앉았고, 맞은편에는 경뢰궁주와 청미가 나란히 앉아 있다.

철화천궁은 천하에 열 개의 지부를 갖고 있으며 남경지부는 그중 하나로서 경뢰궁주가 지부주다.

상력인 철화궁도 천하에 열 개의 지부를 갖고 있는데, 철화천궁 십지부(十支部) 휘하에 있다.

"돈은 됐다."

어제 태무랑이 장강에서 철화거선을 구해주고 단유천에게 중상을 입힌 것에 대한 대가로 경뢰궁주가 돈을 주겠다고 말한 것에 대한 태무랑의 대답이다.

"그보다 부탁할 것이 있다."

부탁이라는 말에 경뢰궁주는 반색을 떠올렸다.

"무엇이든 말씀하세요."

태무랑 덕분에 죽을 고비를 넘겼으며 철화거선의 수하들을 살릴 수 있었던 경뢰궁주는 이제 태무랑이라면 껌뻑 죽는 시늉까지도 하게 되었다.

"사람을 찾아다오."

"누군가요?"

태무랑은 지난번에 경뢰궁주를 처음 만났을 때 그녀에게 부탁을 하면 누이동생 태화연을 찾을 수도 있다는 사실을 모르고 있었다.

그를 일깨워 준 사람은 수월화였다. 그녀는 불타는 철화거선을 구해주고 난 후에 남경으로 온 태무랑에게 낙양 기화연당에서 태화연을 사간 절강매객이 철화궁 사람이며, 그가 철화천궁의 궁주인 경뢰궁주와 무관하지 않을 것이라고 말해준 것이다.

태화연을 찾아달라는 부탁이 아니었으면 태무랑은 이곳 철화천궁 남경지부에 오지 않았을 것이다.

"내 누이동생이다."

"누이동생이 있어요?"

경뢰궁주 옆에 앉아서 호기심 어린 눈빛으로 태무랑을 말끄러미 바라보고 있던 청미가 뜻밖이라는 듯 해맑은 목소리로 물었다.

어제 태무랑에게 까불다가 극음장에 적중돼서 다 죽어가던 청미는 태무랑이 이곳에 오자마자 간단하게 손을 써서 살려주었었다.

태무랑이 힐끗 쳐다보자 청미는 깜짝 놀라 급히 고개를 푹 숙였다.

태무랑에게 뜨거운 맛을 본 그녀는 그의 앞에선 언행에 각별하게 조심을 하고 있었다.

"그녀는 태화연이라고 하는데 열 달쯤 전에 낙양 기화연당에서 절강매객이라는 자에게 팔려갔어요."

태무랑의 사정에 대해서 신풍개에게 자세히 들었던 수월화가 차분하게 설명을 대신했다.

"절강매객이라면……."

"철화궁 사람 아닌가요?"

"알아보겠어요."

경뢰궁주는 고개를 끄덕였다. 사실 절강매객은 철화궁에서도 최하급에 속하는 지위라서 철화천궁의 고위급인 경뢰궁

가족(家族) 247

주가 잘 모르는 것도 무리가 아니다.

어제 경뢰궁주는 태무랑과 단유천의 관계에 대해서 어느 정도 짐작을 할 수 있었다. 그리고 지금 누이동생이 화뢰로 팔려갔다는 말까지 듣고는 태무랑의 사정에 대해서 웬만큼 알 수 있게 되었다.

태무랑은 경뢰궁주를 똑바로 쳐다보았다.

"부탁한다."

그의 입에서 부탁이라는 말이 두 번이나 나왔다. 그래서 경뢰궁주는 그가 이 일을 얼마나 중요하게 생각하는지 짐작할 수 있었다.

그가 반말을 하는 것은 처음에는 거부감이 있었으나 지금은 그러려니 한다.

만약 그가 경뢰궁주의 목숨을 구해주지 않았으면 거부감이 사라지지 않았을 것이다.

갑자기 태무랑이 벌떡 일어서니까 세 사람이 우르르 따라 일어섰다.

태무랑이 입구 쪽으로 걸어가자 경뢰궁주가 급히 뒤따르며 다급한 표정을 지었다.

"주연을 준비시켰는데 벌써 가시나요?"

태무랑이 대답하지 않자 경뢰궁주는 조급한 마음에 두 손으로 그의 팔을 잡았다.

지난번에 그의 어깨를 살짝 건드렸다가 경을 칠 뻔하고서도 잊은 모양이다.

"잠시만 더 계시면 안 되겠어요?"

태무랑이 뚝 걸음을 멈추고 자신의 잡힌 팔을 보자 경뢰궁주는 깜짝 놀라서 급히 손을 놓았다.

"술을 마시는 동안에 어쩌면 누이동생에 대한 답을 들을 수도 있을 거예요."

그녀는 사과를 하는 대신에 어떻게 하든 태무랑을 꼭 붙잡고 싶었다.

세 시진이면 남경에서 항주까지 전서구가 열 번 이상 오고 갈 수 있는 시간이다.

그런데도 밤이 깊어질 때까지도 경뢰궁주는 태화연에 대한 대답을 태무랑에게 들려주지 못했다.

하지만 작은 소득은 있었다. 절강매객이 철화궁 항주지부 휘하에 있는 지위라는 사실을 알게 된 것이다.

태무랑은 세 시진 동안 빠르지도 느리지도 않게 규칙적으로 술잔을 입으로 가져갔는데, 그가 마신 술은 모두 열다섯 병이나 됐다.

그는 술자리에 앉은 이후 입을 굳게 다문 채 한마디도 하지 않았다.

아마도 어제 다 잡은 단유천을 놓친 것 때문에 마음이 심란하기 때문일 것이다.

평소에 술을 거의 입에 대지 않는 수월화는 오늘 다섯 병이나 마셨다.

그 이유는 아마도 분위기 때문이었을 것이다. 태무랑의 심정을 너무도 잘 알고 있는 탓에 그의 심란한 마음에 편승을 해서 지나치게 무리해서 술을 마신 듯했다.

태무랑은 대취했다. 운공조식을 해서 공력으로 취기를 몰아내면 되지만, 운공조식을 하려는 생각마저 들지 않을 정도로 취해 버렸다.

만약 철화천궁에서 태무랑에게 흑심을 품고 있다면 지금이 위해를 가할 수 있는 절호의 기회다.

하지만 경뢰궁주도 청미도 태무랑만큼 취했다. 태무랑하고 마주 앉은 경뢰궁주는 그가 마실 때마다 잔을 부딪치면서 마셨기 때문에 그와 똑같은 양을 마신 셈이다.

원리 청미는 술을 마시지 못하지만 사부인 경뢰궁주가 기분이 좋아서 허락을 했기 때문에 홀짝홀짝 맛을 보듯이 마시다가 취해 버렸다.

수월화 역시 대취했다. 하지만 그녀에겐 세 사람하고 다른 점이 한 가지 있었다.

취해 버린 태무랑을 자신이 끝까지 보호해야 한다는 강한 책임감을 품고 있다는 사실이다.

대개 취한 사람들이 한 가지 사실에 집착한다는 것은 술꾼들의 정설이다.

그런 점에서는 수월화도 별반 다르지 않았다. 술이 점점 취해 갈수록 그녀는 몸을 이리저리 흔들면서도 혹시 누가 태무랑을 해치지 않을까 초점 풀린 눈에 힘을 주며 주위를 두리번거렸다.

아침에 해가 둥실 떠올랐을 때까지도 네 사람은 잠에서 깨어나지 못했다.

제일 먼저 눈을 뜬 사람은 수월화였다. 그녀는 자신이 태무랑의 품에 안겨서 자고 있다는 사실을 깨달았다.

아니, 태무랑은 천장을 향해서 똑바로 누워 자고 있는데, 그녀가 그의 왼쪽에 옆으로 누운 자세로 달라붙어서 한쪽 팔로 그의 가슴을 안은 채 자고 있었던 것이다.

그런데 그것만이 아니다. 맞은편 그러니까 태무랑의 오른쪽에서는 경뢰궁주가 수월화와 똑같은 자세로 태무랑을 팔로 안은 채 자고 있었다.

놀란 수월화가 고개를 들어 주위를 둘러보니까 청미는 태무랑의 다리를 베고 그의 다리를 꼭 부둥켜안은 채 곤하게 잠들어 있었다.

어젯밤에 함께 술을 마신 네 사람이 한 방 한 침상에서 한

덩이가 되어 자고 있다니 놀라지 않을 수 없는 일이다.

수월화는 어젯밤 일을 기억하려고 애썼으나 아무리 노력해도 아무것도 생각나지 않았다.

그렇지만 그녀는 이런 해괴한 광경을 목격했으면서도 자리에서 일어나지 않고 그냥 가만히 누워 있었다. 태무랑을 안고 있는 팔도 가만히 있었다. 오히려 행여 태무랑이 깰까 봐 더 조심했다.

그러면서 그녀는 자신에게 이런 앙큼한 면이 있었다는 사실을 처음 깨달았고 또 놀랐다.

그러면서도 조금 더 힘을 주어 태무랑을 껴안는 대담한 행동까지 했다.

어떤 상황에서는 갈피를 잡지 못하는 마음보다는 정직한 몸이 먼저 행동을 취한다고 한다.

그래서 수월화는 어쩌면 지금 자신의 행동이 마음을 솔직하게 대변하고 있는 것은 아닐까 하고 조심스럽게 생각해 보았다.

* * *

무창. 무극신련 총본련으로 급보가 날아들었다.

서찰을 펼치는 사람은 총련주 환우천제 화명군이다. 그는 정원에서 화초의 가지를 치고 있는 중이었다.

서찰에는 큰 제자 단유천이 중상을 입었다는 것과 그렇게 된 경위가 자세히 적혀 있었다.

서찰을 다 읽고 난 화명군은 묵묵히 가지치기를 계속했다.

한 시진 후 정원의 가지치기를 끝내고 나서야 그는 명령을 내렸다.

"무극백절에게 적안혈귀라는 아이를 잡아오도록 해라."

*   *   *

남경 장강 변에 위치한 포구는 길이가 오 리에 이를 정도로 길고 번화했다.

그리고 포구 옆에는 역시 길이 오 리에 이르는 번화가가 형성되어 있었다.

금오는 그 포구의 끄트머리 한 자리를 차지한 채 정박해 있었다.

태무랑 등은 뭍에 따로 거처를 정하지 않았다. 금오에 방이 넉넉하기 때문이다.

신풍개는 개방 남경분타와 금오를 다람쥐 제집 드나들 듯이 부지런히 오가면서 새로운 정보들을 태무랑에게 알려주었다.

수월화는 집이 남경에 있으면서도 금오를 떠나지 않았다. 그녀는 지금처럼 타인들하고 정이 듬뿍 들었던 적이 여태껏

한 번도 없었다.

남경의 왕궁 깊은 곳에서 하인과 시녀들, 친척들, 스승들에게 둘러싸여 세상하고 단절된 생활을 해왔던 그녀의 유일한 돌파구는 십삼 세 때 처음으로 태극문에서 무공을 배우기 시작하면서였다.

그렇지만 태극문 내에도 그녀의 신분이 알려져서 행동하는데 여간 불편한 게 아니었다.

틀에 박힌 친절함과 여러 가지 이유로 접근하는 사람들은 많았으나 진심으로 사귀고 싶은 사람은 남자든 여자든 한 명도 없었다. 최소한 그녀 생각에는 그랬다.

그 외에 그녀의 신분을 모르는 사람들 중에서 그녀에게 친절을 베풀고 잘해주는 사람이 많았으나 문제는 그들이 모두 남자들이고 또 그녀의 미모를 보고 접근했다는 사실이다.

그런데 금오의 사람들은 달랐다. 태무랑을 비롯한 모두들 그녀의 신분을 모르고 미모에는 별로 신경을 쓰지 않으면서 급속도로 친해졌다.

특히 태무랑 같은 경우에는 수월화의 목숨을 구해준 은인이다. 처음에는 그것 때문에 은혜를 갚는다는 차원에서 금오에 동승했었다.

하지만 지금은 그녀 스스로 태무랑 곁에 남아 있고 싶어한다. 그 이유는 정확하게 모른다. 하지만 외롭게 고군분투하는 태무랑을 돕고 싶다는 정의감 같은 것이라고 그녀는 생각하고 있다.

"보십시오!"
원래 과묵하고 속마음을 잘 드러내지 않는 연풍이지만 지금은 연신 싱글벙글 웃음을 감추지 못하고 있다.
쩔렁!
그는 모든 사람들이 다 모여 있는 갑판 아래 주방과 붙은 식당의 커다란 탁자에 돈더미를 올려놓았다.
"이번에 번 돈입니다."
"와아!"
"굉장해요!"
기쁨과 놀라움의 탄성이 터졌다.
장강을 타고 내려오면서 내륙의 여러 생산물들을 사들여 싣고 와서 남경에서 판 수익금이다.
연풍은 벙글벙글 웃으면서 돈을 가리켰다.
"모두 합쳐서 은자로 이백오십 냥하고 각전 열닷 냥 정도를 벌었습니다."
돈더미에는 은자와 구리돈이 섞여 있었다.
"공자께서 빌려주신 은자 백 냥이 본전이니까 그것을 제하고도 백오십 냥 이상 번 것입니다."

연풍은 물론 그의 좌우에 서 있는 네 명의 고구려 사내들도 연신 싱글벙글 웃음을 감추지 못했다.

연풍이 돈더미에서 주섬주섬 은자를 골라내어 백 냥을 만들어 태무랑 앞에 공손히 내려놓았다.

"빌려주신 은자 백 냥입니다. 감사히 잘 썼습니다."

태무랑은 담담히 미소를 지은 채 팔짱을 끼고 있으며, 좌우에 앉은 신풍개와 수월화도 흐뭇한 미소를 지었다.

"돈을 더 많이 빌려줄 테니까 더 큰 장사를 해보는 것은 어떻겠나?"

태무랑의 말에 네 사내와 고구려 여자들은 만면에 기대와 설렘을 가득 떠올리며 연풍을 바라보았다.

연풍이 무리의 지도자이기 때문에 그가 태무랑의 제안을 받아들이기를 바라는 것이다.

"말씀은 감사하지만 그러지 않겠습니다."

그의 말에 태무랑과 신풍개, 수월화, 그리고 연지를 제외한 모든 사람들이 깜짝 놀라서 웅성거렸다.

연풍은 공손하면서도 당당한 표정을 지었다.

"공자께선 저희에게 크나큰 은혜를 주셨는데 언제까지나 폐를 끼칠 수는 없습니다."

보통 사람들은 이런 상황에 처했다면 태무랑에게 조금 더 의지하려고 할 터이다.

또한 그가 생활의 기반을 마련해 준다고 하면 못 이기는 체 잠자코 받아들였을 것이다.

그러나 연풍은 달랐다. 그는, 아니, 이곳에 있는 고구려 사람들은 '내가 편하려고 하면 다른 사람이 불편해진다' 라는 사실을 잘 알고 있었다.

연풍은 공손히 고개를 숙였다.

"백오십여 냥의 밑천이 생겼으니 이것으로 장사를 시작해 볼까 합니다. 먼 훗날 저희가 성공을 한다면 공자를 찾아뵙고 은혜를 갚겠습니다."

모두들 이제는 이별할 때가 왔다는 것을 짐작했고 또 받아들이기 시작했다.

그래서 모두의 얼굴에 서운한 기색이 가득 떠올랐으며, 연풍을 제외한 모든 고구려 사람들은 고개를 숙인 채 소리없이 눈물을 흘렸다.

그들은 태무랑에게 은혜를 입었기 때문에 고마워하는 것이 아니다.

태무랑은 그들을 최초로 사람으로 대접을 해준 사람이었다. 어쩌면 그것이 은혜보다 더 큰 것일지도 모른다.

고구려 사람들 모두는 이별의 시간이 온 것을 깨닫고 연풍 주위에 모여 서서 태무랑에게 인사를 할 준비를 했다.

"연풍."

그때 태무랑이 조용히 입을 열었다.

"말씀하십시오."

"연지가 자네에게 폐가 되나?"

"아닙니다."

딸인 연지가 아버지에게 폐가 될 수는 없는 일이다.

"자네들 중에서 서로 폐가 되는 사람이 있나?"

"없습니다."

연풍은 단호하게 대답했다. 설혹 고구려 사람들 중에서 조금 못나거나 능력이 떨어지거나 아픈 사람이 있다고 해도 그들은 같은 동족이고 하나의 운명체다.

그러므로 폐라고 말할 수는 없으며, 더구나 버리는 일은 절대로 없다.

"왜 그렇다고 생각하지?"

"저희는… 가족이기 때문입니다."

그렇게 대답한 연풍은 태무랑이 씁쓸한 미소를 짓는 것을 발견하고 움찔 놀랐다. 하지만 그가 왜 그런 미소를 짓는지는 알지 못했다.

"자네들에게 금오를 작별선물로 주겠네."

태무랑은 여태까지와는 전혀 다른 내용의 말을 하고 나서 벌떡 일어나 방을 나갔다.

"소저……."

당황한 연풍은 뒤따라 나가는 수월화를 착잡한 표정으로 바라보며 도움을 청했으나 그녀 역시 쓸쓸하게 미소 지으며 말없이 나가 버렸다.

 수월화는 태무랑의 뜻을 알지만 그가 말없이 나간 데에는 그만한 이유가 있을 것이라 생각하고 연풍에겐 모른 체한 것이다.

 연풍뿐만 아니라 고구려 사람들 모두 당황해서 어쩔 줄 모르는 표정이었다.

 "풍개."

 연풍은 마지막으로 방을 나가려는 신풍개를 간절한 목소리로 붙잡았다.

 신풍개는 붙임성이 좋아서 고구려 사내들하고는 호형호제하며 친하게 지내고 있다.

 그는 연풍을 보며 쓸쓸한 표정을 지으며 한마디 툭 던지고 나가 버렸다.

 "태 형은 자네들을 가족이라 생각하고 있네."

 "이런……."

 연풍과 고구려 사람들 얼굴이 해쓱하게 변했다. 신풍개 말대로라면 그들이 가족인 태무랑을 버리려고 한 것이다.

 금오 이층 태무랑의 방에 네 사람이 모여 있다. 태무랑과 수월화, 신풍개, 우경도다.

방금 전에 태무랑이 연풍과 고구려 사람들에게 이별통보를 한 분위기 때문에 우경도는 가만히 있을 수가 없었다. 그 역시 더부살이를 하고 있는 이방인이기 때문이다.

세 사람이 의자에 앉는데도 우경도는 혼자 서 있다가 태무랑에게 정중히 포권을 했다.

"할 말이 있소."

태무랑은 그의 말을 듣는 둥 마는 둥 수월화에게 심부름을 시켰다.

"령아, 가서 술 좀 가져와라."

"네."

무령왕의 금지옥엽이 북방 국경을 지키던 흑풍창기병의 심부름으로 술을 가지러 가기 위해서 발딱 일어나 씩씩하게 대답을 하고 나갔다.

우경도는 수월화가 나가기를 기다렸다가 다시 정중히 포권을 했다.

"딸을 찾을 때까지 태 공자에게 잠시 더 신세 져도 되겠소?"

태무랑은 고개를 들어 그를 쳐다보았으나 아무 말도 하지 않았다.

그러자 신풍개가 참견을 했다.

"기화연당은 강남에서는 이곳 남경과 항주 두 군데가 남아 있으니까 우 형은 남경 기화연당을 찾아본 후에 항주로 가면 되겠군."

하지만 태무랑이 그러라고 말을 하지 않은 상황이라서 우경도는 착잡한 표정만 짓고 있었다.

그도 자존심이 강하고 남에게 신세 지는 것을 병적으로 싫어하지만, 지금은 딸을 찾아서 구해내야 한다는 한 가지 신념밖에 없다.

그러기 위해서는 태무랑 곁에 붙어 있어야 하는 것이다. 동릉에서도 겪었듯이 그 혼자서 기화연당을 상대하는 것은 너무도 어려운 일이기 때문이다.

그때 우경도를 묵묵히 쳐다보던 태무랑이 무슨 생각이 났는지 갑자기 벌떡 일어나서 밖으로 나갔다.

"둘 다 날 따라와라."

계단을 내려가던 태무랑은 쟁반에 술과 안주를 갖고 올라오던 수월화와 마주쳤다.

"어딜 가세요?"

"너도 가자."

태무랑이 스쳐 지나가자 수월화는 신풍개를 쳐다보며 무슨 일이냐는 듯 눈빛으로 물었다.

신풍개는 어깨를 으쓱하며 자기도 모르겠다는 몸짓을 해 보였다.

네 사람이 금오에서 막 포구로 내려섰을 때 한 대의 마차가 그들 앞에 막 멈추고 있었다.

 마부석에서 평범한 경장 차림의 사내가 내리더니 마차 문을 공손히 열었다.

 "에구… 어지러워 죽겠는데 사부님께선 하필 나한테……."

 그런데 마차에서 비틀거리며 내리는 사람은 해쓱한 얼굴의 청미였다.

 그녀는 지독한 숙취 때문에 머리도 제대로 들지 못하고 걸어오다가 태무랑을 발견하고 반색을 했다.

 "아! 오라버니!"

 "오라버니?"

 신풍개가 놀란 얼굴로 눈동자를 굴리면서 태무랑과 청미를 번갈아 쳐다보았다.

 "아유… 소매는 숙취 때문에 어지럽고 메스꺼워서 죽겠어요. 오라버니는 괜찮으세요?"

 청미는 구원을 받은 것처럼 태무랑에게 가까이 다가가 안기듯 기대며 종알거렸다.

 태무랑의 인상이 차갑게 굳어지는 것을 보고 수월화가 조용히 말했다.

 "어젯밤에 태 공자와 청미 낭자는 의남매지간이 됐어요."

 무슨 소리냐는 듯 태무랑이 힐끗 수월화를 쳐다보았다.

수월화는 살포시 눈을 내리깔았다.

"청미 낭자를 보니까 누이동생 생각이 난다면서 태 공자께서 그녀에게 여동생이 되어달라고 했어요."

"맞아요!"

그것은 수월화가 술에 취해서 정신이 흐트러지기 전에 일어난 일이라서 똑똑히 기억하고 있었다.

그 말을 듣고 태무랑은 청미를 밀어내지 못했다. 술이 취해서 한 행동이라고 해도 남자가 내뱉은 말을 어찌 번복할 수 있겠는가.

청미가 아예 태무랑 가슴에 뺨을 대고 혼곤한 표정으로 수월화를 바라보며 방글방글 웃었다.

"호호호. 오라버니는 내친김이라면서 수월화 언니는 여동생으로, 그리고 사부님은 누님으로 모시겠다고 했어요!"

태무랑은 움찔하더니 그 말이 맞느냐는 듯 수월화를 쳐다보았다.

수월화는 얼굴을 살짝 붉히면서 고개를 끄덕였다. 그녀가 부끄러워하는 이유는 어젯밤에 술이 취해서 태무랑과 자신, 그리고 청미와 경뢰궁주 네 사람이 한 덩이가 되어 뒤엉켜서 잤었다는 사실이 불현듯 떠올랐기 때문이다.

"음!"

결국 태무랑은 신음을 흘리며 청미를 가볍게 밀어냈다.

신풍개가 팔꿈치로 태무랑의 옆구리를 쿡 찔렀다.

"우헤헤! 이제 보니 자넨 술에 만취하면 반드시 사고를 치는구먼? 지난번에 나하고 친구가 된 것도 만취한 상태였잖은가?"

신풍개 말이 맞다. 술이 문제인 것 같았다. 하지만 만취해서 신풍개와 친구가 된 것은 나쁘지 않았다. 아니, 오히려 그것은 좋은 일이었다.

그렇다고 해서 어젯밤에 만취해서 세 여자와 무더기로 여동생이니 누님이니 의남매를 남발한 것까지 이해할 수 있는 일은 아니다.

그는 자신이 술에 취하면 경거망동한다는 사실을 깨달았다. 하지만 사실 그것은 경거망동이 아니라 술에 취한 상태에서 자제력이 무너져서 마음속에 꽁꽁 묻어두었던 본심이 드러나는 것이었다.

"아… 저것 어떻게 할까요. 무랑가?"

청미가 마차 안을 가리키며 태무랑에게 물었다. 그녀가 무랑가라고 부르는 것을 보니 태무랑이 자청해서 의남매를 맺은 것이 분명하다.

마차 안에는 꽤 많은 쇠상자들이 빼곡하게 실려 있었다. 줄잡아 스무 개는 되는 듯했다.

저 안에 금화가 들었다면 족히 은자 사천만 냥이라는 어마어마한 액수다.

태무랑의 금전관리 집사 수월화가 나섰다.

"저 배 선창으로 옮겨주세요."

"네! 언니!"

청미는 마차를 몰고 온 경장고수들에게 쇠상자, 아니, 금화 상자들을 금오의 선창으로 옮기라고 지시했다.

경장고수들은 철화천궁의 복장을 하고 있지 않았다. 태무랑을 만나러 오는 것이기 때문에 평범한 복장을 한 것이라는 사실을 수월화는 짐작할 수 있었다. 아마도 경뢰궁주의 용의주도한 배려였을 것이다.

수월화는 경장고수들이 금화 상자를 들고 금오 갑판 아래로 내려가는 것을 바라보았다.

선창에는 두 가지가 있다. 태무랑의 말 구준마와 금화 상자들과 은자 수십만 냥이 담겨 있는 몇 개의 상자들이다.

그것들은 은자로 천구백만 냥에 가깝다. 이제 사천만 냥이 더해지면 무려 은자 육천만 냥에 가까운 어마어마한 돈이 금오 선창에 있게 된다.

어느 누가 저 초라하고 조그만 배 선창에 그만한 거액이 있을 것이라고 상상이나 하겠는가.

돈이 들어 있는 선창의 방은 잠가놓지도 않았다. 하지만 금오의 사람들은 아무도 그 방에 들어가지 않는다. 태무랑의 물건이 있는 곳이기 때문이다.

가족(家族) 265

신풍개와 우경도는 그곳에 돈 상자들이 있으며, 또 지금 경장고수들이 운반하고 있는 상자 속에 돈이 들어 있을 것이라고 추측하지만 단지 그뿐이다. 두 사람은 돈에는 별다른 관심이 없다.

태무랑이 일행을 이끌고 도착한 곳은 철화천궁 남경지부였다. 그들은 청미가 타고 온 마차를 되돌려서 타고 남경지부로 왔다.

신풍개와 우경도는 이곳에 처음 왔다. 하지만 청미와 함께 왔기 때문에 이곳이 어느 곳인지는 대충 짐작하고 있다.

태무랑이 왔다는 전갈을 받은 경뢰궁주가 급히 달려나와서 마중했다.

"어서 오세요! 태 공자!"

다행히도 그녀는 태무랑을 동생이니 뭐니 이상한 호칭으로 부르지 않았다.

어젯밤의 일을 기억하지 못하는 것인지, 아니면 알고도 쑥스러워서 그렇게 부르지 않는 것인지 모를 일이다. 그것도 아니면 또 다른 꿍꿍이가 있는 것인가.

"큰딸 이름이 뭐지?"

일행이 탁자에 둘러앉자 태무랑이 우경도에게 물었다.

"우미요."

우경도는 태무랑이 왜 갑자기 큰딸 이름을 묻는 것인지 의아한 표정을 지었다.

태무랑은 경뢰궁주를 쳐다보았다.

"우미라는 여자아이를 찾아줄 수 있느냐?"

우경도의 얼굴에 커다란 놀라움이 떠올랐다. 이어서 놀라움이 감격으로 변하여 태무랑을 쳐다보았다.

"자세히 말씀해 주세요."

경뢰궁주는 부드러운 미소를 지었다.

태무랑은 우경도를 보며 가볍게 고개를 끄덕였다. 설명을 하라는 뜻이다.

우경도가 설명을 하는 내내 그녀는 지그시 눈을 감은 채 생각에 잠긴 듯한 모습으로 들었다.

"다섯 달 전이로군요."

설명을 듣고 난 경뢰궁주는 고개를 끄덕이고 나서 수하를 불러 우미를 찾아보라고 몇 가지 지시를 내렸다.

탁자의 이쪽에는 태무랑과 좌우에 수월화와 신풍개, 그리고 수월화 옆에 우경도가 앉았으며, 맞은편에는 경뢰궁주와 청미 두 사람이 앉아 있다.

우경도는 태무랑에게서 시선을 뗄 수 없었다. 큰딸 우미를 찾아내기 위해서 경뢰궁주에게 부탁하는 것은 그 어떤 방법보다도 월등한 것이다.

그런 방법을 우경도는 생각해 본 적도 없었다. 기화연당과 철화천궁하고는 연관이 없기 때문이다.

하지만 철화천궁은, 아니, 철화천궁 휘하의 상력 철화궁은 사람 몸의 실핏줄처럼 천하 곳곳 구석구석까지 정보망을 지니고 있다.

그러므로 철화궁이 누군가를 찾아내려고 한다면 불가능보다는 가능한 쪽에 훨씬 더 무게가 실린다.

우미가 화뢰로 팔려간 것은 이미 다섯 달 전의 일이다. 그리고 기화연당에서 기녀 수업을 받는 기간은 길어야 석 달이라고 알고 있다.

그렇다면 우미는 이미 천하 어딘가의 기루로 팔려간 지 두 달이나 지났다는 뜻이다.

그런 것을 짐작하면서도 우경도가 기화연당에 연연하고 있는 이유는, 방법이 그것밖에 없기 때문이다.

"됐나요?"

경뢰궁주는 두 팔을 벌려 보였다. 그런 넉넉한 동작을 보면 머지않아서 우미를 찾아줄 것만 같았다.

"자! 모두 아직 점심 식사 전이죠? 제가 대접할 수 있게 해주세요."

그녀는 '모두'라고 말하면서 태무랑을 보며 물었다.

그러나 태무랑은 그냥 일어나 경뢰궁주가 뭐라고 하기도 전에 대전 입구로 걸어갔다. 볼일이 끝났으니 가려는 것이다. 그가 가니까 수월화와 신풍개, 우경도도 뒤를 따랐다.

한껏 호의로 말했으나 매몰찬 거절을 당한 경뢰궁주는 얼굴이 복잡하게 변하다가 갑자기 태무랑에게 뾰족한 목소리로 소리쳤다.

"왜 내게 이러는 건가요?"

지금 그녀는 철화천궁의 삼궁주인 경뢰궁주가 아니다. 그저 한 사내에게 호의를 품고 있는 한 여자일 뿐이다.

그녀가 태무랑에게 품고 있는 마음은 애정이나 연모 같은 것이 아니다. 그저 인간적인 유대감일 뿐이다, 아직은.

태무랑은 뒤도 돌아보지 않고 계속 걸어갔다. 다만 그를 따르는 세 사람이 놀라서 뒤돌아봤을 뿐이다. 그래서 경뢰궁주는 그것이 더 분했다.

"나는 호의로써 당신을 대하는데 어째서 당신은 매번 나를 이런 식으로 무시하는 거죠?"

뚝.

태무랑이 걸음을 멈추었다. 하지만 뒤돌아보지 않았다.

"너와 가까워지기 싫으니까."

경뢰궁주는 말문이 막혔다. 이보다 더 지독한 모욕은 없다. 앞으로 죽을 때까지도 그녀는 이것의 절반에도 미치지 못

가족(家族) 269

하는 모욕조차 당하지 않을 터이다.

태무랑의 그 말 때문에 그녀는 머릿속이 텅 비면서 정신이 나가 버렸다.

그런 지독한 말을 들었는데 무슨 할 말이 있겠는가. 그런데도 그녀는 자신이 무슨 말을 하는지도 모르는 상태에서 중얼거렸다.

"어째서……."

"가까워지면 언젠가는 헤어져야 하니까."

"……."

그 말만 하고 태무랑과 일행은 밖으로 나가 버렸다.

경뢰궁주는 망연자실 그 자리에 서 있다가 가볍게 비틀거리면서 의자에 주저앉았다.

그리고는 두 눈에 눈물이 소르륵 차올랐다. 태무랑의 첫 말은 그녀의 가슴을 후벼 팠고, 두 번째 말은 그 상처를 치료해 주었다.

하얀 뺨에 눈물이 흘러내릴 때 그녀는 배시시 미소 지으며 중얼거렸다.

"헤어지지 않으면 되지."

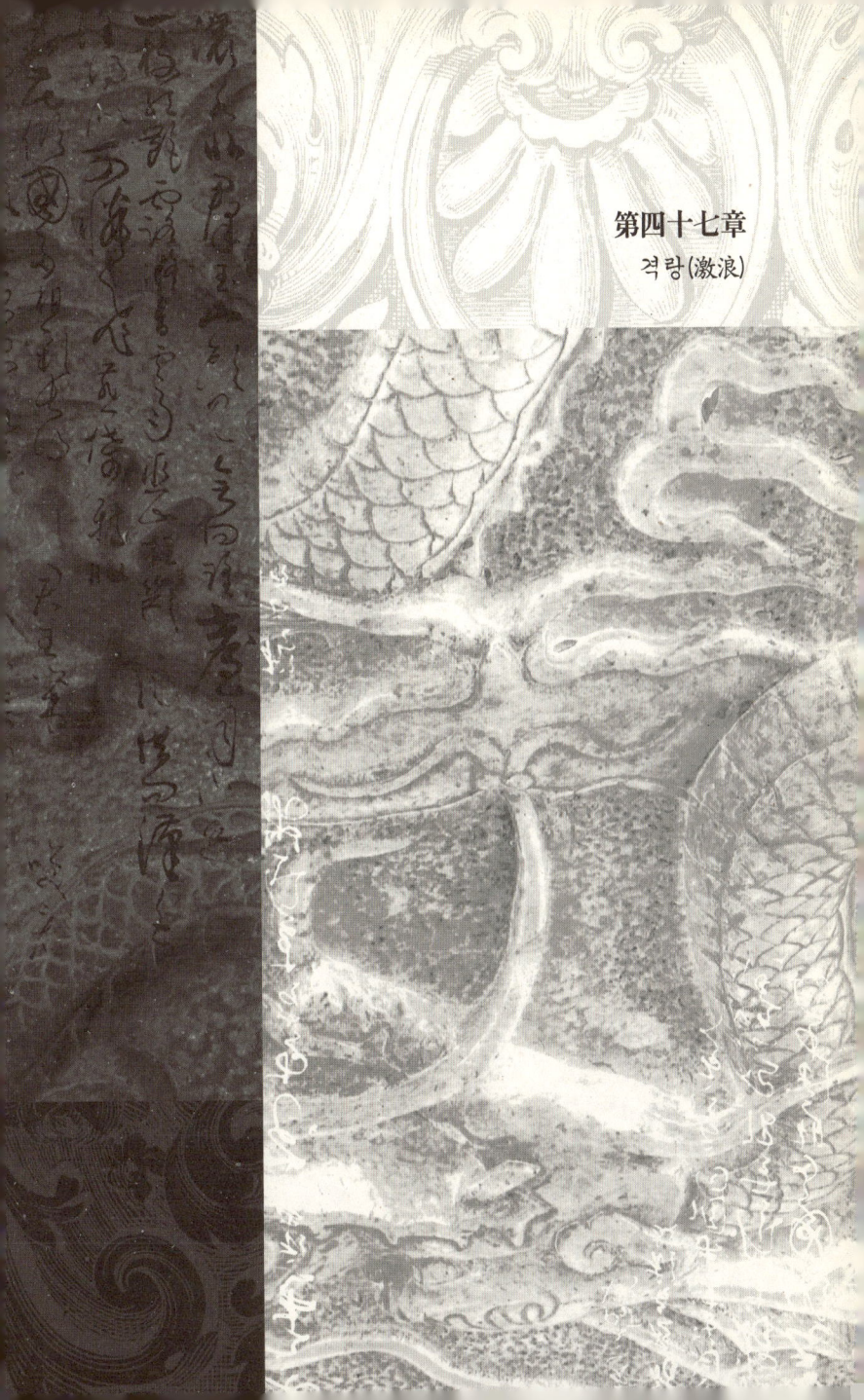

第四十七章
격랑(激浪)

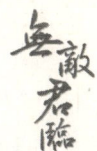

 태무랑은 남경성 내에 객잔을 얻으려고 했다. 이곳에서의 일이 하루 이틀에 끝날 일이 아니기 때문이다.
 옥령이 언제 올지 모르니까 기다려야 한다. 그녀가 오기 전에는 기화연당을 그대로 놔둘 것이다.
 태무랑은 개방 정보망을 최대한 이용해서 옥령이 남경에 도착하는 것과 그녀의 일거수일투족을 상세히 파악할 수 있도록 이미 신풍개에게 부탁을 해두었다.
 그는 갈가리 찢어 죽여야 할 두 명의 원흉 중에 한 명 단유천을 눈앞에서 놓쳤다.

그래서 다시는 그런 어이없는 실패를 겪지 않으려고 옥령만큼은 완벽하게 제압할 생각이다.

"그러지 마세요."

묵을 객잔을 알아보기 위해 두리번거리면서 거리를 걷고 있는 태무랑 옆에서 수월화가 조용히 말했다.

"뭘 말이냐?"

"태 공자는 사실 금오에서 지내고 싶은 거잖아요."

수월화는 태무랑의 대답을 기다리지 않았다. 그의 정곡을 찔렀기 때문에 대답을 하지 못할 것이라고 짐작했다.

"당신은 그들을 가족처럼 생각하고 있지만 그런 마음을 그들에게 보여준 적이 없어요. 마음이란 보여주지 않으면 아무도 몰라요. 요리를 직접 먹어보기 전에 그것이 무슨 맛인지 어떻게 알 수 있겠어요?"

'그들'이란 연풍을 비롯한 고구려 사람들을 가리키는 것이다.

그녀의 왼쪽과 태무랑 오른쪽에서 나란히 걷고 있는 우경도와 신풍개는 그녀가 참 시기적절하게, 그리고 조리있게 말을 잘한다고 생각했다.

두 사람도 그런 생각을 하고 있었으나 태무랑에게 대놓고 말할 용기나 기회가 없었고, 설혹 말을 하고 싶어도 말주변이 없었다.

"백성들은 황제를 가족이라고 생각하지 않아요. 아니, 엄두가 나지 않아서 못하는 것이죠. 그들에게 당신은 황제보다 더 높고 위대한 존재예요."

수월화가 하는 말은 매우 알아듣기 쉬워서 태무랑의 귀에, 아니, 가슴속으로 바싹 마른 모래바닥에 물을 분 것처럼 잘 스며들었다.

"그들이 당신을 떠나도 된다고 생각하면 그냥 가만히 있고, 그들과 함께 있고 싶다면 그들이 있는 낮은 곳으로 내려오세요."

"어떻게?"

"소녀의 말대로 하겠어요?"

금오의 선창 구조는 이층으로 이루어졌으며 일층, 즉 갑판 바로 아래가 주방 겸 식당이다.

지금 그곳에서 금오에 속한 모든 사람들이 사각의 긴 탁자에 둘러앉아서 점심 식사를 하고 있는 중이다.

그 자리에는 태무랑도 있었다. 그가 고구려 사람들이나 수월화, 신풍개, 우경도 등과 모두 함께 식사를 하는 경우는 매우 드문 일이다.

고구려 사람들은 당황했지만 매우 기뻐했다. 연풍은 상석이 있을 리가 없는 탁자 한쪽 자리에 부랴부랴 제일 좋은 의자를 골라놓고 그 위에 방석까지 깔고 급조한 상석을 만들어서 그리로 태무랑을 안내했다.

태무랑은 그곳에 앉으려다가 수월화가 가볍게 고개를 가로젓는 것을 발견했다.

그는 그녀의 뜻을 알아차리고 고구려 사람들 틈바구니에 섞어서 앉았다.

고구려 여인들은 늘 두 가지 요리를 만들었다. 하나는 자신들이 먹을 고구려 음식이고 또 하나는 태무랑과 수월화 등이 먹을 중원 요리다.

탁자에는 고구려 음식과 중원 요리가 뒤섞여서 푸짐하게 차려져 있었다.

고구려 여자들은 태무랑 앞으로 중원 요리를 모아주고 또 그가 식사하는데 불편하지 않도록 온 신경을 써서 배려를 하느라 자리에 앉을 새가 없었다.

그 모습을 보고 태무랑이 빙그레 미소 지으며 손을 저었다.

"그러지 말고 그대들도 식사를 하시오."

하지만 여자들은 감히 자리에 앉지 못하고 전전긍긍했다.

태무랑은 젓가락을 내려놓고 잠시 생각에 잠겼다.

그러자 아이들을 제외한 모두들 수저를 내려놓고 식사를 중단한 채 심각한 표정으로 태무랑을 바라보았다.

여자들은 철모르는 아이들이 식사를 하지 못하도록 수저

를 뺏기도 했다.

태무랑 옆에 앉은 수월화는 그가 무엇 때문에 그러는지 몰라서 초조한 표정을 지었다.

그녀가 보기에는 처음 다 함께 식사를 하는 것치고는 무리 없이 잘 진행되고 있어서 더욱 마음이 불안했다. 태무랑이 뭔가 틀어버리지 않을까 염려하기 때문이다.

"연풍."

"네, 넷!"

바짝 긴장하고 있던 연풍은 태무랑의 부름에 깜짝 놀라 벌떡 일어섰다.

태무랑은 연풍과 다른 네 명의 사내들을 한 명씩 쳐다보고 나서 조용히 입을 열었다.

"다섯 사람 모두 나보다 연상이니까 지금부터 형으로 모시고 싶다."

청천벽력 같은 선언이다. 황제보다 더 어렵고 또 존경하는 태무랑이 고구려 사내 다섯 명의 동생이 되다니, 기절초풍할 일이 아닐 수 없다.

"절대 안 됩니다!"

"그럴 수는 없습니다!"

연풍을 비롯한 다섯 사내는 결사적으로 두 손을 저으면서 소리쳤다.

태무랑은 씁쓸한 표정을 지었다.

"내게 그럴 만한 자격이 없기 때문인가?"

상대를 떠보겠다는 것이 아니라 태무랑은 정말 그렇게 생각했다.

"아, 아닙니다! 그럴 리가 있겠습니까? 태 공자께선 자격이 모자란 게 아니라 너무 넘칩니다!"

태무랑은 모호한 표정을 지었다. 자격이 넘친다는데 어째서 안 된다는 것인지 이해를 할 수가 없었다.

그는 여러 면에서 고구려 사내들하고는 다르다. 아니, 무림인인 신풍개와 우경도하고도 다르다.

우선 그는 대단한 무위를 지니고 있는 고수다. 게다가 무림에 쟁쟁한 명성을 떨치고 있으며, 여러 면으로 무림에 끼치는 영향력이 대단하다.

하지만 아무리 그렇더라도 그의 마음만은 예전 흑풍창기병 시절과 조금도 다르지 않았다. 그때나 지금이나 그는 소박하고 순수한 청년일 뿐이다.

그의 그런 마음을 수월화나 신풍개는 조금쯤 알고 있다. 그러면서도 그들조차 그 벽을 뛰어넘지 못하고 있다.

"다 터버려!"

그때 신풍개가 귀찮다는 듯 손을 휘이휘이 저으며 외치듯 말했다.

모두들 무슨 말이냐는 듯 자신을 쳐다보자 신풍개는 젓가락으로 탁자를 두드리며 마치 거리에서 약을 파는 사람처럼 소리쳤다.

"나하고 연 형을 비롯한 자네들 다섯 명하고는 호형호제하는 친구 아닌가?"

"그… 렇지."

"그런데 나하고 태 형하고는 친구 아닌가?"

모두들 고개를 끄덕였다.

"그러니까 모두 호형호제 터버리는 거야! 나이도 뭐도 없이 그냥 태 형! 연 형! 아무개 형! 이렇게 부르면서 친구가 되는 거야! 어때?"

조용한 침묵이 흘렀다. 신풍개의 제안은 조금 전에 태무랑이 선언한 '동생이 되겠다'는 것하고 별반 다를 것이 없는 듯하지만 실상은 큰 차이가 있다.

동생과 친구의 차이다. 형과 동생은 수직이지만, 친구는 수평인 것이다.

침묵을 깬 사람은 태무랑이다. 그는 고개를 끄덕이며 고구려 사내들을 둘러보았다.

"그거 좋군!"

연풍 등 고구려 사람들은 태무랑이 왜 그러는지 잘 알고 있다. 헤어지기 싫기 때문이다.

태무랑뿐만 아니라 고구려 사람들도 태무랑하고 헤어지는 것이 싫다.

 하지만 여태까지의 관계가 지속된다면 태무랑의 품에서 벗어날 수밖에 없는 것이다. 보호를 받는 것이기 때문이다.

 그렇지만 태무랑과 고구려 사내들이 호형호제하는 동격관계가 되면 크게 달라진다. 친구끼리는 함께할 수 있는 것이다. 무엇이든 말이다.

 태무랑은 고구려 사내들이 아무 말도 하지 않자 그들을 둘러보며 약간 초조한 표정을 지었다.

 "너희들 그것도 싫은 거냐?"

 신풍개가 꼿꼿한 자세로 태무랑을 나무랐다.

 "말투 봐라."

 태무랑이 알아듣고 얼른 고쳤다.

 "자네들, 나하고 친구가 되는 것이 싫은 것인가?"

 고구려 사내들이 싫어할 리가 없다. 마음은 굴뚝같으면서도 처음에 물꼬를 트지 못하고 있는 것이다.

 "싫긴 왜 싫어?"

 그때 누군가 툭 말을 내뱉었다.

 고구려 사내들 중에서 옹골지고 당차게 보이는 용모와 체구의 발탄(拔灘)이라는 사내다. 그는 다섯 명 중에서도 가장 성질이 급하고 또 화통한 성격이다. 그래서 사고도 많이 치지만 결정을 내리지 못하고 미적거릴 때에는 기폭제 역할을 하기도 한다.

모두의 시선을 받고 있는 발탄은 이마와 목에 핏대를 세우고 목젖을 울리며 마른침을 몇 차례 삼켰다. 일단 저질러 놨지만 극도로 긴장하고 있기 때문이다.

발탄은 태무랑을 똑바로 쳐다보았다. 하지만 그것은 마치 싸움이라도 해보겠다는 듯 눈을 부릅뜨고 핏발이 곤두선 모습이다.

"핫핫핫! 태 형! 우리 잘 지내자!"

우는 것 같은 얼굴로 외치는 그의 목소리가 식당 안을 크게 울렸다.

태무랑은 자리에서 일어나 천천히 발탄에게 걸어갔다.

모두들 극도로 긴장해서 침을 삼키며 태무랑을 주시했다.

발탄 앞에 멈춘 태무랑은 손을 내밀어 그의 두 손을 힘주어 잡았다.

"이름이 뭔가?"

두 손이 잡힌 발탄은 벌건 눈에 눈물이 가득 고이고서도 씹어뱉듯 뇌까렸다.

"이런 지미릴! 여태 내 이름도 몰랐나? 발탄일세!"

"그래 미안하네, 발 형."

연풍과 고구려 사내들이 한 사람씩 주춤주춤 태무랑 주위로 모여들었다.

"태 형, 내 이름은 알고 있나?"

"모르네."

"내 이름은?"

"모… 르네."

"그럼 누구 이름을 알고 있어?"

"연풍."

"우라질! 연풍만 사람이고 우린 개야?"

"미안하네."

"미안하면 이름 잘 외워둬."

"알았네."

한바탕 대화와 질책이 오고가고 나서 고구려 사내들은 자신들의 이름을 한 명씩 말했다.

태무랑과 다섯 명의 고구려 사내들은 서로 손을 맞잡고 흔들면서 호탕하게 웃었다.

여자들은 기쁨의 눈물을 흘리고, 아이들은 태무랑이 숙부가 됐다는 사실에 소리를 지르며 좋아했다.

탁!

"자네는 왜 가만히 있나?"

"엇!"

그때 신풍개가 옆에 앉은 우경도의 등을 세게 쳤다.

태무랑과 고구려 사내들의 모습을 부러운 표정으로 바라보고 있던 우경도는 화들짝 놀랐다.

그러자 태무랑이 그를 쳐다보더니 빙그레 미소 지었다.

"우 형. 자네도 이리 오게."

"나… 나는……."

우경도는 엉거주춤한 자세로 일어서지도 앉지도 못한 채 크게 당황해서 어쩔 줄을 몰랐다.

신풍개가 팔짱을 끼며 넌지시 너스레를 떨었다.

"아마 기회는 지금뿐일 거야."

그러자 우경도는 자리를 박차고 일어나 쏜살같이 태무랑에게 달려갔다.

"나도 하세!"

두두둑!

금오가 정박해 있는 포구에 네 필의 흰 백마가 끄는 화려한 마차 한 대가 멈춰 섰다.

마차뿐만이 아니다. 마차의 앞과 뒤에는 각기 열 필씩 이십 필의 말이 서 있고, 그 위에는 번쩍이는 금빛 갑옷을 입은 군사들이 도검을 찬 당당한 모습으로 앉아 있다.

그들로 인해서 그 일대는 완전히 통제되어 한 사람도 지나가지 못했다.

처처척!

마상과 마부석의 군사들이 한 몸처럼 일사불란하게 땅으로 내려서더니 말고삐를 잡은 채 금오를 향해 일렬로 길게 늘어섰다.

포구의 사람들은 마차 근처에 얼씬도 하지 못했다. 군사들이 누군지 잘 알고 있기 때문이다.

태무랑 등은 식당에 다 함께 모여서 식사 후에 차를 마시면서 담소를 나누고 있었다.

그때 밖에 쓰레기를 버리러 올라갔던 고구려아낙 하나가 사색이 되어 식당으로 뛰어들어 오며 외쳤다.

"바… 밖에… 군사들이 있어요. 우리를 잡으러 왔나 봐요……!"

금오 앞에 도열해 있는 군사들을 보고는 관군들이 도주한 노예들을 잡으러 왔다고 오해한 것이다.

태무랑 등은 서둘러 갑판으로 올라갔다.

갑판으로 나서는 순간 사람들은 도열해 있는 빛나는 갑옷의 군사들을 발견하고 해연히 놀랐다.

그러나 수월화는 그들과는 다른 이유로 크게 놀랐다. 자신을 데리러 온 무령왕가(武嶺王家)의 군사들이라는 사실을 한 눈에 알아보았기 때문이다.

그녀가 어떻게 해볼 사이도 없이, 그녀를 발견한 군사들이 일제히 그 자리에 무릎을 꿇으면서 우렁차게 외쳤다.

"수월 공주님! 천세(千歲)! 천세! 천천세!"

포구 전체가 쩌렁쩌렁 울리는 함성 소리에 수월화는 착잡한 표정을, 다른 사람들은 크게 놀라는 표정을 지으며 우두커니 서 있었다.

태무랑은 군사들이 '수월 공주'라고 외치는 소리에 자신의 옆에 서 있는 수월화를 쳐다보았다.

수월화는 착잡한 표정으로 살짝 고개를 숙였다.

"가야겠어요."

태무랑은 지난번 동릉의 기화연당에서 벽력질풍대가 그녀를 제압했다가 놓아주었을 때 그녀의 신분을 알게 되었다.

하지만 언제까지나 자신들과 함께 있을 줄 알았던 그녀가 이제는 가야 한다는 현실 때문에 복잡한 심정이 되었다.

수월화는 앞으로 한 걸음 걸어나와서 모두를 향해 돌아섰는데 얼굴에는 미안함과 섭섭함이 교차되고 있었다.

하지만 군사들이 데리러 왔다는 것은 부친 무령왕이 보냈다는 뜻이다.

고향인 남경에서 얼굴을 뻔히 드러낸 채 돌아다녔으니 그 소문이 부친 귀에 들어가지 않으면 그게 오히려 이상한 일이다.

격랑(激浪)

"그동안 고마웠어요."

그녀가 말했으나 아쉬운 표정을 짓고 있는 사람들 귀에는 아무 소리도 들리지 않았다.

그녀는 마지막으로 태무랑을 바라보았다. 그는 표정의 변화 없이 묵묵히 그녀를 응시하고 있었다.

하지만 수월화가 그동안 태무랑과 같이 지내면서 터득한 바에 의하면 그 표정은 '아쉬움' 같은 것이었다. 그래서 그녀는 마음이 아팠다.

"곧 돌아올게요."

그녀는 무령왕가에 가서 부친을 만난 후에 하룻밤 자고 내일쯤 금오에 다시 올 생각을 하고 있었다.

발이 떨어지지 않았으나 일이 이렇게 된 이상 한시라도 빨리 이곳을 떠나는 것이 좋다.

군사들이 진을 치고 있으면 많은 사람들이 구경을 하고 있을 텐데 그것은 태무랑에게 좋지 않기 때문이다. 태무랑을 위해서라도 빨리 가야만 한다.

그가 몸을 돌려 한 걸음을 옮기자 뒤에서 연지와 우란의 흐느끼는 소리가 들렸다.

"흑! 언니……."

"흑흑흑……."

수월화는 걸음을 멈추었다가 착잡한 표정으로 다시 걸었

다. 돌아서서 연지와 우란을 달래다 보면 또 길어지고 점점 더 태무랑이 위태로워질 것이다.

우두두둑―

마차와 이십 명의 군사들이 탄 말들이 흙먼지를 일으키면서 달려가는 것을 태무랑 등은 묵묵히 바라보았다.

"수월 공주라니…… 그녀가 대체 누구지?"

우경도가 놀라는 표정을 지으면서 누구에게랄 것 없이 중얼거렸다.

신풍개는 뽀얀 먼지를 구름처럼 일으키며 포구 끝으로 멀어지고 있는 마차 무리에 시선을 고정시킨 채 놀라는 얼굴로 혀를 내둘렀다.

"주 낭자가 무령왕의 금지옥엽인 수월 공주였다니……. 놀라운 일이로군."

그는 군사들이 수월화에게 '수월 공주'라고 칭했던 것과 마차 옆문에 '무령'이라고 적힌 문장을 보고 알았다.

신풍개의 말에 태무랑을 제외한 모든 사람들이 놀라서 입을 크게 벌린 채 아무 말도 하지 못했다.

신풍개는 표정의 변화가 없는 태무랑을 보며 의아한 얼굴로 물었다.

"태 형, 자넨 알고 있었나?"

태무랑은 가볍게 고개를 끄덕이고는 다시 선창의 식당으

로 내려갔다.

 태무랑은 다들 모여 있는 식당에서 한 가지 일을 상의하고 또 결정을 내렸다.

 예전 같으면 혼자 생각하고 결정했겠지만 지금은 모두와 친구가 됐기 때문에 그들의 의견을 수렴한 것이다.

 그 한 가지란 다름 아닌 연풍을 비롯한 고구려 사람들이 이곳 남경에서 뿌리를 내리고 장사를 시작하는 것이 어떻겠는가 하는 것이다.

 즉흥적으로 결정한 것이 아니다. 연풍 등은 오랫동안 노예생활을 해서 잘 모르지만, 신풍개와 우경도는 여행을 많이 했고 경험이 많기 때문에 두 사람의 의견을 참고했다.

 그들에 의하면, 남경은 장강의 하류에 있으며 바다와 가깝기 때문에 예로부터 내륙과 해안지방의 생산물들이 총집합하는 곳이라고 한다.

 또한 고려(高麗)나 왜국(倭國), 서역(西域) 등 해외에서 교역하러 오는 배들이 남경포구까지 들어오기 때문에 중원과 해외의 무역이 매우 활발하다.

 다소 흠이라면 인구가 워낙 많다 보니까 땅값이나 집값이 터무니없을 정도로 비싸다는 사실이다.

 하지만 그것은 역으로 생각하면 그만큼 기회가 많다는 뜻이기도 하다.

즉, 남경은 기회의 땅인 것이다. 그렇다면 고구려 사람들이 생활 터전으로 뿌리를 내리기에는 더없이 좋은 조건을 갖추고 있다는 뜻이기도 하다.

다음날 태무랑과 신풍개, 우경도, 그리고 연풍을 비롯한 고구려 사내 다섯 명은 우르르 포구로 나섰다.

장사를 시작하려면 어디부터 어떻게 손을 대야 하는지 알아보려는 것이고, 포구 가까운 곳에 거처와 점포를 마련하기 위해서다.

그러나 남경 포구에서 장사를 하는 것은 생각했던 것보다 녹록지 않았다.

포구에 터를 잡고 또 배를 가지고 장사를 하려면 아무나 자기 하고 싶은 대로 하는 것이 아니라, 복잡한 절차를 밟아야 하고 또 여러 관청이나 포구를 장악하고 있는 조직들에서 허가를 받아야 한다는 것이다.

그런 것들을 제대로 다 처리하려면 아무리 빨라도 최소한 한 달 이상 걸릴 것이라고 한다.

그 사실을 알고 나서 연풍과 고구려 사내들은 걱정이 태산 같아졌다.

오죽했으면 배로 장사를 하는 것은 어렵겠다고 포기하자

는 말까지 나왔다.

"자네들은 금오에 가서 쉬고 있게. 나하고 연 형하고 좀 돌아다녀 보겠네."

이후 신풍개와 연풍은 두 시진 후에 금오에 돌아왔는데 두 사람 다 싱글벙글 웃음을 감추지 못했다.

신풍개가 개방 남경분타주를 불러서 연풍 등이 장사를 시작하는 일을 모두 맡겼더니 한 시진 만에 모두 처리해 버렸던 것이다.

뿐만 아니라 포구의 목이 좋은 곳에 이층짜리 점포도 얻었으며 점포 바로 뒤에 아담한 장원 한 채도 구입했다.

"그런데 돈은 태 형 자네가 내야 하네."

신풍개는 태무랑을 보며 엄살을 떨었다. 개방은 발이 넓고 그 지역에서 영향력이 상당하지만 매우 가난하다. 돈하고 개방하고는 거리가 멀다.

"얼만가?"

신풍개는 머뭇거리면서 선뜻 말을 하지 못하고, 연풍은 입맛을 다시며 딴 곳을 보는 체하는 것을 보면 꽤 액수가 큰 모양이다.

"은자 삼천오백 냥일세."

결국 신풍개가 마지못해 입을 열었다.

태무랑을 제외한 모두의 얼굴에 기겁하는 표정이 가득 떠올랐다.

남경성청(城廳)의 중간급 관리의 한 달 녹봉이 보통 은자 스무 냥 남짓이다.

그렇다면 은자 삼천오백 냥이 얼마나 거액인지 짐작하고도 남음이 있을 터이다.

"곤란한데……."

그런데 태무랑이 미간을 좁히면서 중얼거리자 모두의 표정이 어두워졌다.

신풍개는 미안한 듯 넌지시 물었다.

"역시 거액이지? 좀 더 싼 곳을 알아볼까?"

"령아, 은자가 얼마나……."

태무랑은 왼쪽을 보며 말하다가 항상 자신의 왼쪽에 앉아 있던 수월화가 없다는 사실을 깨닫고 말을 흐렸다.

그는 대신 그곳에 앉아 있는 우경도를 시켰다.

"령아가 없으니 우 형이 대신 돈을 관리해야겠군."

"그러지."

"자네 선창에 내려가서 은자가 삼천오백 냥이 되는지 알아보고 와주겠나?"

잠시 후에 우경도가 어른 머리통만 한 쇠상자 하나를 들고 돌아왔다.

그런데 어찌 된 일인지 그는 몹시 굳은 표정으로 한동안 아무 말도 하지 않았다.

　사실 그는 너무 놀란 나머지 선창에서 한동안 놀라움을 가라앉히고 왔는데 아직도 심장이 벌렁거리고 있는 중이다.

　"어떤가?"

　태무랑이 조용히 묻자 우경도는 깜짝 놀랐다.

　"으, 은자로 말인가?"

　"그래."

　"딱 천 냥 부족하던데……."

　신풍개와 연풍 등의 얼굴이 더욱 어두워졌다.

　쿵!

　우경도는 쇠상자를 탁자에 올려놓았다.

　"모자란 만큼 금화로 채워 넣었는데 괜찮겠지?"

　태무랑은 고개를 끄덕였다.

　"그, 금화?"

　신풍개는 깜짝 놀라더니 태무랑과 우경도를 번갈아 쳐다보면서 쇠상자를 열어보았다.

　그 안에는 은자가 수북한데 위쪽 구석에 반짝이는 금화가 조금 들어 있었다. 정확하게 오십 냥이며, 은자로 치면 천 냥이었다.

　태무랑은 빌린 수레에 수십 개의 쇠상자를 싣고 금오를 출발했다.

수레에는 경뢰궁주에게 받은 금화 상자 서른다섯 개가 실려 있었다.

금화 상자들은 묶지도 않고 그저 되는대로 수레에 실려 있었는데, 설마 그것이 은자로 육천만 냥 상당의 금화일 것이라고는 아무도 상상하지 못할 것이다.

이각 후에 태무랑이 도착한 곳은 구주전장 남경지부다.

그는 악양 기화연당에서 강탈한 은자 육백삼십여만 냥을 구주전장 무창지부에 맡기고 구주금패를 받았었다.

이후 동릉 기화연당에서의 수입 은자 구백여만 냥을 구주전장 당도지부에 예치시켰었다.

백만 냥에서 구백구십구만 냥까지 예치하면 구주금패를 받고, 천만 냥에서 구천구백구십만 냥까지는 구주옥패(九州玉牌)를 준다고 했다.

그래서 총 예치금액 은자 천오백여만 냥이 된 태무랑은 구주옥패를 받은 것이다.

태무랑은 이곳 구주전장 남경지부에 은자 육천만 냥 상당의 금화를 모두 맡겼다.

그리고 은자 백만 냥짜리 구주금패 하나를 만들어서 우경도에게 주었다. 돈을 쓸 일이 있을 테니 그것으로 뭐든 하라는 뜻이었다.

그러자 우경도는 죽으면 죽었지 자신이 노력도 하지 않은 불로소득(不勞所得)은 받지 않겠다고 버텼다. 그러고 나서 정중하게 요구했다.

"정 주고 싶다면 내게 일을 시키고 녹봉을 주게."

"무슨 일을 하고 싶은가?"

우경도는 잠시 생각하다가 말했다.

"비서(秘書)는 어떤가?"

태무랑은 생각할 것도 없다는 듯 고개를 끄덕였다.

"자네, 하북성 어느 방파에서 총관을 했다던데 그때 녹봉이 얼마였나?"

"은자 오십 냥이었네."

"그럼 자네 녹봉은 백 냥을 하세."

"너무 많네."

태무랑은 더 이상 말하지 않고 앞에서 공손한 자세로 시립한 채 대기하고 있는 남경지부주에게 구주금패를 돌려주면서 자신의 치부책(置簿冊)을 보여달라고 요구했다. 치부책은 구주전장에서 발행하는 구주전표를 지니고 있는 특정인들 각자의 돈이 들고나감을 기록한 책자다.

태무랑의 치부책에는 현재 예치총액이 은자 약 칠천육백육십만 냥이라고 기록되어 있었다.

"은자 이십오만 냥 정도의 이자가 발생하였기에 이 금액에

포함시켰습니다."

남경지부주가 공손히 설명했다. 한 달 남짓 동안에 이자가 은자 이십오만 냥이 생겼다는 것이다.

우경도는 극도로 긴장했다. 지금 태무랑하고 남경 기화연당으로 가고 있는 중이기 때문이다.

우경도의 목적은 큰딸 우미를 찾는 것이다. 그런데 경뢰궁주에게 우미를 찾아달라고 도움을 청해놓은 상태이기 때문에 그 어느 때보다도 마음이 편안했다.

그는 남경 기화연당을 이용해서 옥령을 잡으려는 태무랑의 계획을 알고 있다.

우경도는 단유천과 옥령이 태무랑의 철천지원수라는 사실과 무극신련 휘하 사십팔지파들이 돈벌이를 위해서 천하 열두 곳에 기화연당을 만들었다는 사실을 알고 있다. 그러므로 무극신련은 우경도의 원수이기도 하다.

"태 형, 정확하게 어떤 계획… 헛?"

태무랑과 나란히 걷고 있던 우경도는 그를 쳐다보면서 묻다가 움찔 놀라며 걸음을 멈추었다.

"아니, 연 형이 어떻게……."

같이 나란히 걷던 태무랑은 감쪽같이 사라지고 금오에 있어야 할 연풍이 옆에서 걷고 있으니 놀랄 수밖에 없다.

태무랑은 기화연당이 가까워지니까 오행지기로 진면목을 감추고 연풍의 얼굴로 변신을 한 것이다.

"날세."

"태 형?"

태무랑의 목소리를 듣고 우경도는 더욱 놀랐다. 얼굴은 연풍인데 목소리는 태무랑인 것이다.

우경도가 조금 전에 태무랑을 보고 나서 열 걸음 정도 걸었을 뿐인데 태무랑이 연풍으로 변해 버렸다. 그는 태무랑이 대체 무슨 방법으로 그토록 짧은 시간 동안에 얼굴을 바꿀 수 있었는지 궁금했다.

"역용술을 쓴 건가?"

태무랑은 빙긋 흐릿하게 미소 지으면서 대답 대신에 조금 전에 우경도가 물은 것에 대해서 설명했다.

"방금 보여준 수법을 이용해서 옥령 근처에 최대한 가깝게 접근해서 제압할 생각일세."

"방금 보여준 방법? 아……."

우경도는 그 방법이 역용술이라고 생각했다. 역용술이란 몇 가지 약재를 얼굴에 발라서 자신이 원하는 얼굴로 변장하는 수법이다.

하지만 그가 알기로는 역용술은 몹시 어려우며 한 번 변장하는데 아무리 빨라도 한 시진 이상 걸린다.

그런데 태무랑은 불과 열 걸음 만에 감쪽같이 연풍의 모습으로 변신했다. 더구나 진짜 연풍하고 구별이 안 될 정도로 똑같았다.

 그러므로 우경도는 태무랑이 역용술을 사용한 것은 아닐 것이라고 다시 생각을 바꾸었다.

 하지만 그가 어떤 수법을 사용했든, 이런 완벽한 변장술이라면 옥령 곁에 접근하는 것이 불가능하지만은 아닐 것이라고 생각했다.

*   *   *

 수월화 주령은 부친 무령왕 앞에 다소곳이 앉아서 집을 떠나 있었던 지난 넉 달 동안의 과정을 세세히 보고했다.

 그녀는 이제껏 부모에게 특히 부친 무령왕에게는 조그만 거짓말조차 한 적이 없었다.

 하지만 그녀는 넉 달 동안의 여행에 대해서 상세히 설명하면서도 딱 한 가지 태무랑에 대해서만은 한마디도 하지 않았다.

 그녀가 우경도의 일에 휘말려서 동릉의 기화연당에 잠입했다가 중상을 입었던 것이나, 그로 인해서 태무랑을 만난 이후 그와 겪었던 여러 가지 사건들 중에 단 하나만 밝히더라도 무령왕은 절대로 이해하지도 용서하지도 않을 것이다. 그리고 그 불똥이 고스란히 태무랑 등에게 튈 것이다.

그것을 알기 때문에 그녀는 자신을 위해서가 아니라 태무랑과 그의 주위 사람들을 위해서 함구한 것이다.

무령왕에겐 자식이 주령 하나뿐이다. 그야말로 무남독녀 금지옥엽이다.

살짝 불기만 해도 날아갈까 봐, 가만히 잡아도 터질까(吹恐飛 執恐攬) 온갖 정성을 다 쏟고 또 온갖 사랑으로 키운 장중주(掌中珠)가 주령이다.

하지만 무령왕은 그렇게 주령을 애지중지하면서도 엄격한 가르침을 잊지 않았다.

그 덕분에 주령은 무령왕을 실망시키지 않는 훌륭한 공주로 성장했다.

무령왕이 이번에 주령에게 멀고도 긴 여행을 허락했던 데에는 그럴 만한 이유가 있었다.

주령에게 혼처가 정해졌기 때문이다. 상대는 북경의 구문대도독(九門大都督) 장남이며 이미 관직에 나가 있는 상태로 장래가 촉망되는 청년이다.

무령왕은 자신이 정한 혼처를 주령이 거절할 것이라고는 추호도 생각하지 않았다. 아비의 말을 거역하는 딸로 키우지 않았기 때문이다.

과연 주령은 부친의 결정에 반대하지 않았다. 대신 무령왕에게 한 가지 부탁을 했다. 혼인을 하기 전에 혼자서 자유롭게 여행을 다녀오고 싶다는 것이었다.

무령왕은 고심 끝에 결국 허락을 했으며, 피가 마르는 듯한 넉 달의 기다림 끝에 오늘 주령을 드디어 다시 만나게 된 것이다.

"흠. 그게 전부냐?"

"네."

보고가 끝나자 무령왕은 점잖게 물었고 주령은 살포시 고개를 숙였다.

"이만 쉬겠어요."

"오냐."

주령이 일어서자 무령왕은 지그시 눈을 감았다. 주령은 어렸을 때부터 아침에 일어나거나 밤에 자러 갈 때, 그리고 외출에서 돌아왔을 때에는 꼭 무령왕에게 다가와 살포시 품에 안겨서 그의 뺨에 입을 맞췄었다.

그래서 무령왕은 넉 달의 긴 여행에서 돌아온 딸의 입맞춤을 기대하며 눈을 감은 것이다.

그러나 방문 열리는 소리가 나더니 곧 닫히는 소리가 뒤를 이었다. 주령이 그냥 나가 버린 것이다.

십오 년이 넘도록 단 한 번도 거르지 않았던 일을 주령이 하지 않았다.

눈을 뜬 무령왕은 한동안 굳은 표정으로 묵묵히 앉아 있다가 묵직하게 입을 열었다.

"비한(飛漢), 게 있느냐?"

"하명하십시오."

창밖에서 조용한 목소리가 들렸다.

"령아와 어울리던 사내 이름이 태무랑이라고 했느냐?"

"그렇습니다."

"음! 그자에 대해서 자세히 알아오도록 하라."

"존명."

주령은 부친 무령왕을 과소평가했다. 그는 대명제국 백이십만 황군을 한 손에 움켜쥐고 있는 총사대장군이자 오만의 사병(私兵)을 거느리고 있는 무령왕이다.

또한 병약한 당금 황제가 별세하면 그 뒤를 이어 황위에 오를 일 순위 인물로 거론되기도 한다.

그런 그가 남경에서 백주대로에 딸이 다른 사내와 돌아다니는 사실을 몰랐다는 것은 어불성설이다.

*   *   *

철화천궁 남경지부로 한 마리 전서구가 날아들었다.

드물게도 전서구는 목에서부터 머리까지 피처럼 붉은색의

비둘기다.

철화천궁 내에서 그런 비둘기 홍두구(紅頭鳩)를 사용하는 사람은 단 한 명이다. 바로 철화빙선이다.

전서구가 갖고 온 서찰은 밀봉된 채 곧장 남경지부주 경뢰궁주에게 전해졌다.

서찰을 쥔 경뢰궁주의 손이 가늘게 떨렸다.

서찰에는 두 가지 내용이 적혀 있었다.

제일(第一). 태화연은 철화태상위(鐵花太上衛)에 있음. 필묵(必默).

제이(第二). 무적신룡을 최대한 이용하여 천옥선녀를 제압할 것. 본궁에서 최대한 지원할 것임. 필묵.

와작!

경뢰궁주는 서찰을 구기며 착잡하게 중얼거렸다.

"어째서 이런……."

*   *   *

태무랑 일행이 남경에 온 지 닷새가 지났다.

나흘째 되는 날 그러니까 어제 연풍과 네 사내는 금오에 물건을 가득 싣고 장강을 거슬러 올라갔다.

이번에는 반대로 남경의 좋은 물건들을 내륙으로 갖고 가서 팔려는 것이다.

물건을 다 팔면 또다시 그곳의 물건들을 구입해서 남경으로 돌아와 팔게 될 것이다.

점포에는 연풍의 부인 소려(疎麗)가 나가 있고, 다른 아낙들은 점포 뒤에 있는 장원에서 아이들을 돌보거나 집안일을 하고 있다.

장원은 전각이라기보다는 단층 건물 다섯 개가 모여 있는 것이 전부다.

그리고 정원과 작은 연못, 마당, 주방과 식당, 창고가 함께 붙은 건물이 한 채가 더 있다.

그중에서 건물 세 채는 고구려 사람들이 사용하고, 한 채는 우경도와 딸 우란이, 그리고 나머지 한 채는 태무랑이 사용하고 있다.

남경에 온 지도 닷새가 지나고 있는데도 옥령에 대한 소식은 아직 없다.

옥령이 남경에 나타났다면 그 사실이 즉각 태무랑에게 전해질 것이다.

개방 남경분타 제자들이 성내 도처와 들고나는 길목을 지키고 또 순찰을 돌고 있으며, 개방이 남경 내의 객잔이며 주루 등에 입김을 넣어놨기 때문에 옥령이 남경에 나타나는 것을 모를 리가 없다.

우경도는 자신의 거처의 아담한 내전에서 딸 우란과 연풍의 딸 연지에게 기초무공을 가르치면서 소일하고 있다.

태무랑은 개방에서 연락이 오기를 기다리며 자신의 거처에서 운공조식과 무공 연마에 열중하고 있었다.

"수상한 자들이 성내를 어슬렁거리고 있습니다."

철화천궁 남경지부 총당주(總堂主)가 경뢰궁주에게 공손하게 보고했다.

경뢰궁주는 남경지부 내 연못가의 정자에 앉아서 물끄러미 연못의 수련이나 연꽃 따위를 바라보고 있었다. 절화빙선이 보내온 밀서의 내용 때문에 마음이 이를 데 없이 심란하기 때문이었다.

경뢰궁주가 침묵을 지키자 총당주가 다시 말을 이었다.

"조사한 바로는 그들은 열 명 정도 되는데 무극백절인 듯합니다."

"무극백절?"

경뢰궁주는 움찔 놀랐다. 그와 함께 반사적으로 태무랑이 위험하다는 생각이 머리를 스쳤다.

갑자기 무극백절 중에 열 명이 남경성 내에 모습을 드러낼

리가 없다. 그들이 출현한 가장 큰 목적은 필경 태무랑을 제거하는 것일 게다.

경뢰궁주는 마음이 급해졌다. 어떻게 해야 할 것인지 한동안 궁리했으나 자신이 태무랑을 위해서 해줄 수 있는 일이 전혀 없다는 사실만 확인했을 뿐이다.

*　　　*　　　*

신풍개는 개방 남경분타를 나와 태무랑이 있는 포구의 장원으로 가기 위해서 걸음을 서둘렀다.

그는 방금 전에 남경분타주로부터 한 가지 보고를 받았다.

보고인즉, 반 시진쯤 전에 옥령으로 보이는 여자가 남경 북쪽 포구를 통해서 배를 타고 들어왔다는 것이다.

신풍개는 이 사실을 한시바삐 태무랑에게 알리기 위해서 잰걸음으로 부지런히 걸어갔다.

그때 그는 누군가 갑자기 자신의 앞을 가로막는 것을 느끼고 급히 걸음을 멈추었다.

그의 반응이 조금만 늦었으면 그 사람하고 부딪칠 뻔했다.

복잡한 거리에서 사람끼리 부딪치는 일은 다반사라서 그는 앞에 선 사람을 피해서 계속 걸음을 옮겼다.

"네가 신풍개냐?"

그 사람의 옆을 막 스쳐 지나려는데 불쑥 그런 말이 들렸다.

신풍개는 걸음을 멈추고 그 사람, 아니, 길 한복판에 우뚝 서 있는 한 여자를 쳐다보았다.

그 여자는 이십오륙 세 정도로 보였으며, 파리할 정도로 새하얀 살결을 지녔고, 갸름한 얼굴 윤곽에 가늘면서도 깊고 슬픈 눈을 지녔다.

그녀는 신풍개가 자신을 주시하고 있는데도 그를 쳐다보지 않고 묵묵히 앞만 바라보고 있었다.

'흐익!'

그녀의 모습을 살피던 신풍개는 한순간 어떤 별호가 떠올라 부르르 몸서리를 쳤다.

그는 해쓱해진 얼굴로 여자를 쳐다보며 속으로 부르짖었다.

'천자필사!'

마혈과 아혈이 제압된 신풍개는 방바닥에 무릎이 꿇린 채 눈만 껌뻑이며 앞에 앉아 있는 여자를 쳐다보았다.

그녀는 지상의 사람이 아닌 것처럼 눈부시게 아름다웠다. 그리고 그녀의 뒤에 거리에서 신풍개를 제압하여 이곳으로 데리고 온 천자필사가 우뚝 서 있었다.

신풍개는 백주대로에 천자필사에게 제대로 저항조차 해보

지도 못한 채 제압되었다.

천자필사는 아무도 눈치채지 못하게 신풍개를 제압하고는 마치 친한 사람인 것처럼 그를 부축해서 근처에 대기하고 있던 마차에 태웠다.

신풍개는 의자에 앉아 있는 사람을 한 번도 본 적이 없으나 그녀가 옥령일 것이라고 짐작했다.

옥령과 천자필사가 함께 다니고 있다는 사실을 알고 있기 때문이다.

신풍개는 옥령과 천자필사가 자신을 주시하고만 있을 뿐 말이 없는 동안 부지런히 머리를 굴렸다.

'이 여자들이 도대체 무엇 때문에 날 납치한 거지?

무극신련은 정파의 주춧돌이고, 개방은 정파의 아홉 개 기둥, 즉 구파일방 가운데 하나다. 다시 말해서 무극신련과 개방은 적이 아닌 동지다.

만약 옥령이 개방 방주의 제자를 납치했다는 사실이 무림에 알려진다면 제아무리 막강한 무극신련이라고 해도 곤란한 상황에 직면할 것이 분명하다.

지난번에 옥령과 천자필사가 낙성검문의 소문주 은지화를 그녀의 부친이 보는 앞에서 숙부를 죽이면서까지 납치했었던 사건 때문에 무극신련은 아직도 정파 전체로부터 격렬한 항의를 받고 있는 상황이다.

물론 무극신련은 그 일에 대해서는 입을 굳게 다문 채 침묵으로 일관하고 있다. 하긴 아무리 무극신련이라고 해도 무슨 할 말이 있겠는가.

 그런데도 불구하고 이번에는 신풍개를 납치했다는 것은, 웬만한 위험은 감수하겠다는 뜻이 아니겠는가.

 옥령은 지난번에 은지화를 납치하고서는 한동안 데리고 있다가 나중에 풀어주었었다.

 하지만 태무랑이 지나온 길을 옥령이 정확하게 되짚어서 따라오고 있는 것으로 봐서는, 은지화가 태무랑에 대해서 전부 털어놨다고 봐야만 할 것이다.

 은지화는 절대로 순순히 실토할 사람이 아니다. 그렇다면 옥령은 은지화의 입을 강제로 열게 했을 가능성이 크다. 그것이 어떤 방법인지는 모르지만, 만약 신풍개가 입을 다물고 있으면 그에게도 그 방법을 사용할 것이 분명하다

 "적안혈귀는 지금 어디에 있느냐?"

 신풍개가 어떻게 이 절체절명의 난관에서 벗어날 수 있을까에 대해서 고민하고 있을 때 옥령이 사근사근한 목소리로 입을 열었다.

 신풍개는 문득 옥령의 나풀거리는 붉은 입술이 몹시 아름답고 또 듣는 이의 마음을 편안하게 해주는 목소리라는 생각이 들었다.

신풍개는 지금 같은 상황에도 그런 생각이 드는 자신의 머리를 목에서 떼어내 버리고 싶었다.

"이것 하나만 알아둬라."

옥령이 매우 길고 하얀 손가락 하나를 세웠다.

"나는 적안혈귀의 행방을 알아내기 위해서라면 어떤 희생이라도 치를 각오가 되어 있다."

신풍개를 죽일 수도 있다는 협박이다. 하지만 옥령이라면 그것은 단순히 협박으로 그치지 않을 터이다.

피릿!

그때 천자필사가 손가락을 퉁겨서 두 줄기 지풍을 발출하더니 신풍개의 아혈을 풀어주었다.

신풍개는 기다렸다는 듯 착잡한 표정을 지으며 입을 열었다.

"이것 보시오, 옥령 소저. 이런 짓을 하면……."

뿌악!

"끄악!"

순간 천자필사가 슬쩍 손목을 흔들자 한 줄기 무형의 경기가 발출되어 신풍개의 얼굴에 정통으로 적중됐다.

신풍개는 앉은 자세에서 상체를 가볍게 흔들었을 뿐 뒤로 물러나지 않았다.

하지만 천자필사의 일장은 신풍개의 앞니 다섯 개를 부러뜨리고 코뼈를 부러지게 만들었다.

"크으으……."

천자필사의 뜻은 분명하다. 쓸데없는 말은 한마디도 하지 말라는 뜻이다.

옥령은 얼굴이 피투성이가 된 신풍개를 보면서도 눈 하나 까딱하지 않고 조용히 말했다.

"이번에 하는 말은 부디 적안혈귀의 행방이기를 빌겠다."

"으으……."

신풍개의 두 눈에 은은한 두려움이 떠올랐다. 그는 난생 처음 이런 두려움을 느꼈다.

같은 시각.

태무랑은 남경포구에 위치한 장원 자신의 거처에서 두 차례 운공조식을 끝낸 후에 뭔가 이상한 기분이 들었다.

그런 기분을 굳이 표현하자면 '적막감(寂寞感)'이라고 할 수 있다.

마당에서는 아이들이 뛰노는 소리가 요란하고, 옆 전각에서는 연지와 우란이 우경도에게 무술을 배우면서 기합을 내지르는 소리가 들리고 있는데도 느껴지는 '적막감'은 고요한 적막감 같은 것이 아니다.

태무랑의 마음속에서 느껴지는 적막감을 뜻하는 것이다. 그중에서도 경뢰궁주와 신풍개에게서 아무런 연락이 없다는 무소식의 적막감이 가장 크게 작용하고 있다.

경뢰궁주에게는 태무랑의 거처를 일부러 알리지 않았으나 그녀가 원하기만 하면 이곳을 찾아내는 일쯤은 손바닥을 뒤집는 것보다 쉬울 터이다. 그녀는 십중팔구 이곳을 이미 알고 있을 것이다.

태무랑은 경뢰궁주에게 태화연과 우경도의 딸 우미에 대해서 알아봐달라고 부탁했었다.

그런데 그녀는 엿새가 된 오늘까지도 아무런 연락이 없다.

좋게 해석하자면 태화연과 우란에 대해서 아직 알아내지 못했다고 생각할 수 있다.

하지만 철화궁의 방대한 조직망을 감안했을 때 그럴 가능성은 희박하다.

그렇다면 경뢰궁주로부터 어째서 아무런 연락이 없는 것인가. 꼭 그 일만이 아니다. 그녀는 태무랑에게 호감을 갖고 있기 때문에 무슨 이유를 만들어서라도 이곳에 찾아오거나 남경지부로 오라고 전갈을 보냈을 것이다.

또 하나는 신풍개다. 그도 연락이 끊어진 지 이틀째다. 그가 하루에도 여러 차례 태무랑에게 와서 이것저것 시시콜콜 얘기를 늘어놓았다는 사실을 감안하면, 경뢰궁주보다는 신풍개에게 무슨 일이 있는 것인지 더 궁금했다.

잠시 생각 끝에 태무랑은 일어나서 마당으로 나왔다.

그런데 그때 경뢰궁주의 제자인 청미가 장원 문으로 들어서다가 태무랑을 발견하고 반갑게 외치면서 달려와 품에 안길 듯이 달라붙었다.

"무랑가! 오랜만이에요!"

청미는 태무랑하고 같은 나이인 이십 세인데 어떻게 해서 그의 여동생이 되었는지 의문이다.

"무슨 일이냐?"

경뢰궁주가 제자를 보냈으니 그쪽에 대한 한 가지 염려는 덜었다.

"오라버니는 예쁜 여동생에게 좀 다정하게 대해주면 어디가 덧나요?"

태무랑이 귀찮다는 듯 떼어내려고 하자 청미는 도리질을 치면서 앙탈을 부렸다.

"좋은 소식을 갖고 왔는데도 박대하긴가요? 흥! 정말 무랑가 미워요."

'좋은 소식'이라는 말에 태무랑은 반사적으로 태화연에 대한 소식이기를 바랐다.

"우미에 대해서 알아냈어요."

청미는 칭찬해달라는 듯 태무랑을 말끄러미 올려다보았다.

"우미를 찾았소?"

청미의 목소리를 듣고 마당으로 나오던 우경도가 기쁘게

소리치며 달려왔다.

태무랑은 개방 남경지부로 직접 찾아가 보기 위해서 장원을 나섰다.

번거롭게 변신 같은 것은 하지 않았다. 이곳 남경은 완벽한 철화천궁의 세력권인데다 무극신련의 지부는 일찌감치 멸문된 상태다.

또한 태무랑의 수배령이 나돌았던 장안이나 낙양에서 만여 리나 떨어진 곳이라 그의 얼굴을 알고 있는 사람이 없다고 단언할 정도다.

하지만 그런 방심이 화를 불렀다. 어느 한 인물이 먼발치에서 태무랑을 발견하고 미행을 하기 시작한 것이다.

그 인물은 복잡한 대로에서 삼십여 장의 거리를 두고 멀찍이 미행을 하는데도 태무랑을 놓치지 않았다.

개방 남경분타에 거의 당도할 즈음에는 어느덧 미행자가 세 명으로 불어나 있었다.

『무적군림』 5권에 계속…

「철혈무정로」, 「천마겁엽전」의 작가 임준후!
그가 태산처럼 거대한 남자의 이야기로 돌아왔다!

"네가 좋아하는 방식대로 살 거라.
지금까지처럼 마음이 가고 몸이 가는 대로!"

스승이 남긴 말을 가슴에 새기고 중원으로 나온 강산하.
고향으로 향하는 귀로에 하나둘씩 인연이 모여들고
어느새 그의 걸음마다 무림의 판도가 바뀌기 시작한다.

태산처럼 굳세게
산들바람처럼 유유자적하게
흔들리지 않고 올곧게 자신의 길을 걸어간
괴협 철산대공 강산하의 가슴 묵직한 일대기!

Book Publishing CHUNGEORAM

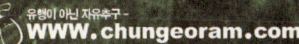

용호객잔
龍虎客棧

설경구 新무협 판타지 소설

낙양 변두리에 위치한 허름한 용호객잔.
폐업 직전까지 몰렸던 용호객잔에 복덩이,
천유강이 저절로 굴러 들어왔다.
그런데… 이 객잔 좀 수상하다?

독문병기는 낡은 주판, 중원상왕을 꿈꾸는 객잔주인, 용사등.
독문병기는 마른 걸레, 끔찍이 못생긴 점소이, 용팔.
독문병기는 식칼, 긴 독수공방 끝에 요리와 혼인한 숙수, 장유걸.
독문병기는 이 빠진 도끼, 사연 많은 남장여인, 문우령.
독문병기는 얼굴, 기억을 잃어버린 절세미남 신입 점소이, 천유강.

"중원의 상왕이 되리라!"

현실감각이라고는 찾아보기 힘든
용사등의 허황된 선언이 천하를 혼란에 빠뜨린다.
바람 잘 날 없는 용호객잔의 평범한(?) 일상에
중원의 이목이 집중된다.

Book Publishing CHUNGEORAM

유행이 아닌 자유추구 -
WWW.chungeoram.com

Unterbaum
GOD BREAKER

이상혁 판타지 장편 소설

운터바움
신들의 파괴자

**나를 세계할 자, 그를 다스리는 한 권의 책.
찾아 줄으라. 그리하지 않으면 나는 불타리라.**

세계의 근거, 그 자체인 거대한 나무, 바움.
그 아래에서 살아가는 생명들의 세상, 운터바움.
윈델은 신탁에 따라 바움을 파괴할 책을 찾아 떠나고
맨 처음 그의 손이 책에 닿는 순간 운명이 격변한다.

십 년을 모신 주인이자 친구, 세베리아를 비롯
세상 모든 것이 자신의 존재를 잊어버린 상황에서
윈델은 존재의 증명을 위하여 운명과 싸우기 시작한다!

나무의 파괴자 '엠베르크' 란 무엇인가?
모두가 잊어버린 '나' 는 대체 누구인가?

**「데로드 앤드 데블랑」, 「카르마 마스터」의 뒤를 잇는
이상혁 작가의 정통 판타지 대작!**

「운터바움-신들의 파괴자」!

Book Publishing CHUNGEORAM

유행이 아닌 자유추구 -
WWW.chungeoram.com

각사 新무협 판타지 소설

寄護武士
수호무사

소년은 오직 소녀를 위하여 검을 들었다
가슴에 담긴 지키고자 하는 뜨거운 열망.

"이제는 지킬 것이다."

단 하나 남은 소중한 인연, 무유화를 지키려
악의에 휩싸인 무림을 수호하기 위하여
윤, 세상에 서다!

그의 용혈검이 떨치는 무상류와 구천류가
모든 악을 쓸어내리라!

**지키는 자!
수호무사 윤, 그를 기억하라.**

Book Publishing CHUNGEORAM

WWW.chungeoram.com